Naissance de l'Odyssée

Du même auteur aux Éditions Grasset :

Colline
Un de Baumugnes
Regain
Jean Le Bleu
Que ma joie demeure
Les Vraies Richesses
Mort d'un personnage

JEAN
GIONO

Naissance de l'Odyssée

roman

Bernard Grasset
Paris

ISBN : 978-2-246-12313-2
ISSN : 0756-7170

Jean Giono / Naissance de l'Odyssée

Parlant de sa vocation littéraire provoquée par la lecture d'un livre de Kipling durant son adolescence, Giono écrivit un jour : « C'est cette simple phrase qui a tout déclenché. J'ai senti avec certitude que j'étais capable d'écrire moi aussi : "Il était sept heures, par un soir très chaud sur les collines de Senoe", et de continuer à ma façon. » De ce jour, l'œuvre de Giono n'a cessé de proliférer, abordant tous les genres avec une réussite égale, jamais démentie, que ce soit le roman, la nouvelle, le théâtre, l'essai, l'autobiographie romancée, le texte de combat, le scénario, le livre d'histoire.

Le succès que connut Giono dès la trentaine lui permit d'abandonner son travail au Comptoir d'escompte de Manosque. sa ville natale ; la pauvreté de ses parents – sa mère était repasseuse, son père, cordonnier, était de santé déficiente – l'avait en effet contraint d'y postuler un emploi. Développée par Giono lui-même, la tradition veut que son manque d'argent l'ait amené à lire principalement les classiques de la collection Garnier, en particulier ceux de la littérature grecque et latine, qui marquèrent beaucoup sa culture, nourrie de surcroît aux sources d'une bonne connaissance biblique.

Le spectacle à la fois grandiose et désolé des montagnes de Haute Provence, que Giono jeune avait coutume de contempler pendant ses vacances, est la deuxième grande source d'inspiration de son œuvre. En effet, il a l'intuition qu'entre l'homme et le cosmos existe une unité profonde que les grandes mythologies ont déjà exaltée et que l'art – l'art du conteur en particulier, celui qui fondamentalement est le sien – se doit de célébrer à nouveau.

Il s'y attache dans ses premiers romans : *Naissance de l'Odyssée*, achevé en 1927 mais qui ne paraîtra qu'en 1930, chez Kra, puis *Colline*, publié en 1928 dans la revue *Commerce*, chez Grasset l'année suivante dans Les Cahiers verts, *Un de Baumugnes* (1929), *Regain* (1930), ces trois derniers ouvrages formant la trilogie *Pan*. L'inspiration dionysiaque de Giono imprègne ces récits dont l'action se passe dans une Provence beaucoup plus mythique que réaliste. En véritable poète, il chante le jaillissement de la vie, l'extraordinaire bonheur d'exister, la jouissance que procurent les richesses naturelles par opposition à une morale du sacrifice et du renoncement dont il n'a jamais subi la moindre influence, à l'inverse d'un Gide, par exemple. On l'a compris, la philosophie de Giono évolue vers une certaine conception mystique de la nature en même temps qu'une acceptation lucide mais tranquille de la condition humaine, la mort en particulier.

Pendant les années 30, l'animisme et le panthéisme de Giono l'amènent à prendre un certain nombre de positions. En effet, *Que ma joie demeure* (1935) inaugure une ardente dénonciation de la civilisation moderne. Face aux plaisirs simples mais authentiques de la terre, Giono oppose la pseudo-abondance de la ville moderne, génératrice de cor-

ruption et de frustration. Dans une bonne mesure, la ville est l'expression du mal car c'est elle qui provoque la guerre.

Il concrétise cette aspiration d'un retour à la nature dans les réunions de Contadour dont la première se tient en 1935. Le propos est clair : « Nous ne sommes partis qu'après avoir acheté tous ensemble une maison, une citerne et un hectare de terre autour. Là est désormais notre habitation d'espoir », écrit-il. Ces rencontres, qui éditent une revue, les Cahiers du Contadour, *se tiennent deux fois par an jusqu'en 1939 et affirment d'emblée leur caractère antifasciste. A mesure que la situation internationale se dégrade, Giono s'avance plus à fond dans le combat politique. Très marqué par la Première Guerre mondiale qu'il a dénoncée dans le* Grand Troupeau, *il affirme un pacifisme intransigeant. Dans* Refus d'obéissance, *il confie son regret de ne pas avoir déserté pendant la guerre ; dans sa* Lettre aux paysans sur la pauvreté et la paix *qui paraît au lendemain de Munich, il dénonce les appels à l'union sacrée, incite les paysans à refuser la conscription et à affamer les villes. Ce pacifisme extrême, il le maintient lors de la mobilisation, ce qui lui vaut son incarcération quelque temps, tandis qu'en 1944, malgré une vie publique très discrète pendant l'Occupation, il est arrêté à nouveau, comme vichyssois cette fois. Même si l'on n'a pas eu de responsabilités officielles dans la France du Maréchal, il ne fait pas bon à la Libération d'avoir été le chantre d'une paysannerie quelque peu utopique, ni avoir célébré les vertus de la terre.*

La guerre ne tarit pas l'élan créateur de Giono dont l'activité reste étonnamment féconde, mais elle opère des modifications. Le ton se fait plus grave, l'écrivain se révèle moins préoccupé de capter et de traduire le flux perpétuel de la vie, en même temps qu'il conçoit ses personnages de manière différente, en quoi on a voulu reconnaître l'esprit et la manière de Stendhal. Le cycle du Hussard *domine cette période. Il est composé de :* Mort d'un personnage *(1949, Cahiers Rouges),* le Hussard sur le toit *(1951),* le Bonheur fou *(1957),* Angelo *(1958), les* Récits de la demi-brigade *(1972), même si la chronologie de la rédaction est différente et si chaque roman ne prolonge pas strictement le précédent. D'aucuns voient là le meilleur de la production gionesque et en Angelo, le héros, un frère de Fabrice dans* la Chartreuse de Parme. *Parallèlement, Giono entame les* Chroniques, *récits plus brefs, plus denses, où il varie les procédés narratifs. Son univers devient plus sombre, réserve une place plus grande à la question obsédante du mal. Il fait également œuvre d'historien, de scénariste, d'essayiste. Il meurt à Manosque en 1970, à l'âge de soixante-quinze ans.*

« La mer qui sçait ainsi que toy piper »
Les paroles que dist Calypson
ou qu'elle devoit dire...

RONSARD.

I

Aplati sur le sable humide, Ulysse ouvrit les yeux et vit le ciel. – Rien que le ciel ! Sous lui, la chair exsangue de cette terre qui participe encore à la cautèle des eaux.

La mer perfide hululait doucement : ses molles lèvres vertes baisaient sans relâche, à féroces baisers, la dure mâchoire des roches.

Il essaya de se dresser : ses jambes, des algues ! Ses bras, des fumées d'embruns ! Il ne commandait plus qu'à ses paupières et elles étaient ouvertes sur la désolation du ciel ! Il ferma les yeux. – Le désespoir se mit à lui manger le foie.

Des claquements de petits pieds battirent, puis des exclamations, si humaines qu'elles étaient comme fleuries.

Les voix voletaient au-dessus de son corps. Sa peau entendait la tiédeur de ce souffle que pétrissait la langue. Il releva un peu ses paupières : il était entouré par un cercle de jambes nues. Son regard fit le tour puis monta au long d'elles. Les jarrets sculptés par l'effort derrière l'araire, les cuisses... Deux montaient sans poils sous la tunique, deux cuisses ombrées de bleu !

Son regard échela : des seins ! C'était une femme !

Comme on le soulevait, il aperçut un peu plus loin des gens qui s'empressaient autour d'une autre épave.

Sur les herbes de la falaise, on hissait Archias. Il avait échappé à l'écrasement du chebec en embrassant le mât rompu.

Il gesticulait et beuglait comme un veau marin. Une vieille balafre couleur de soufre illuminait son front. La véhémence de son discours ébranlait sa barbe et la force de ces paroles qui jaillissaient dans une poussière de salive et d'eau de mer était telle, qu'éberlués, les porteurs cherchaient en eux-mêmes le moyen le plus honorable de lâcher la civière et s'enfuir.

Car, depuis le coup de matraque qui l'avait étendu devant la porte Scée, Archias avait le triste privilège de voir les dieux. Sans le secours de la fleur des nuages ou des brises dans le verger, il vivait toujours au milieu d'eux et, de ses lèvres, comme d'une source sulfureuse, coulait un rêve terrible.

Dans le long chapelet de jours marqués de pâquerettes, de blé mûr, de pommes, Ulysse rencontra la femme trois fois.

La première, elle courait en dansant sous les tamaris. Avant d'entrer dans la pinède, elle tourna la tête.

Puis, au bain. Il avait fureté toutes les calanques

avant de trouver l'anse où elle se baignait, mais elle le vit, et, plongeant, disparut sous l'eau glauque. Une lourde grappe de bulles d'or la suivait.

Enfin, par une vesprée torride dans la campagne immobile. Ulysse passant devant la maison l'aperçut une dernière fois. Par l'entrebail de la porte, elle guettait. Elle sourit : son sourire avait une puissance qui bouleversait les lois immuables. La terre se pencha, les arbres, les herbes rejetaient Ulysse vers le vantail qui, doucement, s'ouvrait. Il entra. L'ombre était fraîche, parfumée, épaisse comme la pulpe d'un fruit. Le flageolet d'une fontaine roucoulait. La femme s'appelait Circé.

Maintenant, quand la conque des bateaux pêcheurs sonnait dans le goulet, Ulysse descendait au village.

Il poussait la porte de l'« Eros Marin », un caboulot du port. Il retrouvait là Capitaine « Danse-à-l'Ombre », Patron Photiadès, l'équipage de la « Vénus », le moussaillon de la « Dorade » qui avait si gentes joues et regard si gênant, tous connus chez Circé et bons amis depuis. On faisait crépiter sur les tables de bois d'interminables parties d'osselets.

Il venait surtout à l'« Eros Marin » pour la petite Lydia qui servait à boire. Elle sentait la clovisse et le vin, et cet amer parfum de sueur qui affolait Ulysse. Les autres partis, il la prenait sur ses genoux, la caressait, lui contait...

Il n'était pas embarrassé pour les contes.

Déjà quand il portait sa cargaison de porcs à Pylos il s'en allait volontiers dans le sillage des femmes. Il se faisait tantôt passer pour un roi errant, pour un chasseur de fauves. Il s'était même vêtu d'une peau de Dieu, une fois, en Elide, en assaillant au creux d'un bois Mousarion la bergère.

Au soir tombant, il remontait vers la maison de Circé. Des baisers et des coups de griffes l'accueillaient dès le vestibule.

*
* *

Couché dans les genêts, Archias riotait : un petit rire qui ressemblait au cri des pintades. Il arrêta Ulysse et, lui montrant la mer :

— Ecoute-moi, dit-il, tu te souviens de ces belles Iles enchappées de pinèdes entre lesquelles nous courions ? Puis des noires battues par la vague émaillée, et de celle qui nous brisa ? Non point de pierres mais de chair femelle sont faites les îles. Tu te souviens ? A l'approche, quand dans le vent les oiseaux venaient et les parfums, nos nerfs durcissaient comme si pucellettes eussent jailli, se frottant contre le flanc de la carène.

De là, il continua intérieurement son discours. Mais, Ulysse se souvenait :

« Le retour d'île en île ! N'était-ce pas plutôt de femme en femme ? Le chebec venait se pendre à la glu des ports. Pouvait-on résister à l'appel de l'amour ? L'enfant Eros court entre les jambes de celui qui veut marcher droit, l'entrave et le couche dans les mauves. »

Certes, pour Ulysse, les chutes se faisaient avec son agrément ; point n'était besoin d'étouffer des hurlements de conscience, cette sauvage elle-même s'était à la longue apprivoisée.

Ainsi, se dandinant, le lent chebec avait glissé de femme en femme. Si le vent trop plat déchirait l'eau, si quelque brebis d'orage gonflait sa laine brune dans le ciel, ou seulement si la petite fille s'était retournée trois fois avant le coin de la rue, Ulysse filait l'amarre, jetait les plombs, entrait les voiles, descendait à quai, en laisse derrière Erca. Dans son souvenir, les pays étaient des femmes.

Cette couverture de ruisseau, sur la côte d'Asie, où, venus aiguer, ils étaient demeurés trois saisons, se nommait en lui Kallisté ; du nom de cette fille qu'en les roseaux il avait eue. L'îlot de la chèvre, seul en mer devant les Cyclades, c'était Timarété, l'épouse du prêtre, l'audacieuse qui se donnait presque devant son mari malgré ses bruyants délires. Et l'archipel ! Il avait les noms de l'amour ! Orée, Lyssia, Melitte, Calypso, et tant, et tant, et toutes celles dont il ne savait même pas le son de la voix, les ayant furtivement possédées à la hâte dans quelque coin. Il avait louvoyé de l'une à l'autre, usant contre elles les ans, les ans. Puis, la flamme des eaux orageuses l'avait jeté vers la dernière, la joie vivante, la maîtresse-femme : Circé de Cythère !

De celle-là, il se souvenait avec moins de fatuité. Savante, entraînée au pourchas, elle l'avait tenu en haleine, l'affolant : chaque fois sur le point de céder, sa large chair ombrée offerte, puis s'arrachant par cris et coups, ou par soubresauts de hanches. Elle avait eu à la fin un Ulysse énervé, mol, lié inexorablement à elle.

Peu à peu, il cessa même de descendre régulièrement au port.

Il s'éveillait tard dans le matin ; les rideaux de raphia tamisaient le soleil, la chambre était comme un bassin plein d'une eau d'ombre semi-transparente, bleue, fraîche. Dehors, les mains du vent faisaient s'entrechoquer les grenades.

En étendant la main un peu vers la gauche, il touchait la chair nue de Circé.

Parfois, elle l'envoyait chez les pêcheurs pour acheter des moules fraîches ou des « violets » pareils à des tomates pourries, mais qui ont l'odeur de l'amour.

Une fois, comme il revenait, les deux mains chargées de ces fruits ruisselants et salés, il rencontra patron Photiadès. Il essaya de s'esquiver par la ruelle des fours, mais, l'autre courut, le retint par un pan de la robe :

— Hé, l'ami, tu deviens rare ! On languit, tu sais ! Lydia demande chaque jour... » Mais, ayant senti les moules, il baissa ses regards vers les mains d'Ulysse et se mit à sourire.

Un sourire aigre.

— Ah, oui... dit-il seulement.

Puis touchant le bras d'Ulysse :

— Dis-moi, elle les mange toujours en curant la coquille avec son pouce ? Dis ? Et avec des grains de raisins verts ? Il soupira.

— Adieu, l'ami, dit-il enfin, écoute-moi : descends un peu, quand tu pourras. Je te dis, quand tu pourras ; je sais ce que c'est.

*

* *

Le coteau qui portait la maison de Circé allongeait ses reins en presqu'île. Dans une touffe de palmes à cent pas de la rive, un puits donnait aiguade. Par temps calme, le petit golfe s'emplissait de voiliers et de barques : on en voyait qui, des confins tremblants de la mer, pliaient leur route pour aborder et remplir les barils.

L'eau douce dormait au fond d'un trou. Au bout du long câble, la seille montait en se balançant dans les longues mousses.

Quand elle émergeait, celui qui avait tiré la corde essuyait sa sueur en souriant d'orgueil. Circé aimait cette eau glacée. Ulysse, chaque jour, venait en chercher deux cruches.

Cette fois-là, contre la margelle, il reconnut les outres de Ménélas. Il se réjouit en son cœur de la surprise qu'il allait lui faire. Il le retrouva épaissi, gras comme un thon, béat, vidé de cette fièvre rongeuse qui l'agitait, sabre en main sous les murs de Troie. Il avait maintenant Hélène tout son saoul. Une huile de bonheur coulait de ses yeux. Mais il se mit à gémir sur les temps. Depuis le retour de la guerre, la vie n'était pas cet Elysée entrevu en rêve, la nuit, dans les tranchées de garde. Tant s'en fallait ! Pendant l'absence, d'autres hommes s'étaient taillé larges parts dans les biens. Il avait, lui le roi, d'âpres démêlés avec des laboureurs arrogants qui jadis, au bon temps, n'auraient pas osé lever les cils. Des jeunes gens sans respect allaient forcer la porte de sa maîtresse : une petite asiatique brune comme une gousse de caroube et qu'il cachait dans un faubourg de Sparte par peur d'Hélène.

Il en vint peu à peu à conter les débordements de Pénélope. Ulysse sur le coup n'en crut pas ses oreilles. Il pressa de questions Ménélas réticent. Celui-ci l'avait cru averti, il essayait vainement de rattraper ses paroles. Enfin, il lui dit tout : elle avait pris des amants, des jeunes ; puis, l'âge venant, s'était amourachée d'un certain Antinoüs qui la grugeait et avec lequel elle mangeait son bien. Télémaque, réduit à la portion congrue, avait couru la campagne à la recherche de nouvelles de son père et, de guerre lasse, parlait d'aller vivre avec de petites ganaches de son âge, résolu aux pires aventures.

— Le sort commun, avait conclu tristement Ménélas.

— Le sort commun ! Le sort commun ! C'est vite dit ! mais, pourquoi moi ? Mais alors ? Oui, et les porcs ? Ah si je lui mets la main dessus, à celui-là !...

Et de sa cravache de jonc il faisait autour de lui un massacre de scabieuses.

Le souvenir du crime d'Argos, dont on chantait encore la complainte, le fit ensuite réfléchir. Par-dessus la besace à mensonges il avait de tout temps porté la peur. Il eut la brusque vision d'un Egisthe embusqué dans le couloir obscur. Il se vit lui-même égorgé comme un porc, sa vie épandue dans une touffe de sang fleuri. Il considéra sa Pénélope comme définitivement perdue. Elle prit au moment même toute la beauté du monde.

Dans le lit de Circé il fut assailli désormais d'images désagréables. Il restait éveillé à côté d'elle ; une cruelle vie animait l'ombre : il y voyait sa femme et Antinoüs geignant le doux travail d'amour !

Le rythme léger de ses pas le consolait un peu. Il allait par les vals et les bois pour calmer sa peine ; chaque fois Archias jaillissait d'un fourré. Il en vint à rechercher ce compagnon. Il était d'Ithaque ; sans l'invasion des mondes magiques, sa tête eût été pleine des mêmes souvenirs que celle d'Ulysse.

Ils se couchaient au revers du coteau, l'intérieur de l'île s'arrondissait devant eux avec ses prés d'asphodèles. L'air paisible sonnait entre le vol des guêpes, la voix des laveuses ricochait sur l'eau plate du ciel, le tintement bucolique des pipeaux frémissait dans le bourdonnement des arbres. Une quiétude élyséenne planait sur les champs, berçant la douleur d'Ulysse.

Soudain, d'Archias gonflé comme une éponge, s'irruait un rêve torrentiel. En hurlements étouffés, il parlait de ses dieux. Ulysse en tremblait chaque fois ; mais cette parole l'emportait à travers l'étrange pays où les dieux sont autre chose que les conventionnelles figures de marbre :

— Ah ! Il m'a crevé le ventre en me regardant ! Et

maintenant j'ai tout le vent dans ma peau. Ça claque comme une voile ! Ah ! J'ai les yeux pleins d'oiseaux de mer !

......

— Une bergère, tu sais, une bergère pour les brebis de la mer. Elle siffle tout le temps entre ses dents. Tu l'entends ? Elle siffle. Elle tape sur la mer comme sur un tambour.

— La mer ! Une fois qu'elle t'a plié dans sa robe !... Elle dansait à gros bouillons de cuisse contre cette couverture de nuages qui lui tient trop chaud.

Et, sous le canon de cette fontaine, Ulysse peu à peu s'emplissait.

D'autres fois, ils allaient sur les rochers qui dominaient l'entrée du port. A côté de sa vie douloureuse, Ulysse écoutait le glissement des autres vies : les mousses pêchaient à la plongée, des matelots d'Egypte se disputaient dans les ruelles ; sur la porte de l'« Eros Marin » Lydia appelait les pêcheurs. La « Vénus », vent en poupe, prenait le large : sa chevelure d'huile s'épandait derrière elle.

Sur l'autre pente du colosse marin, il y avait Ithaque !

Ainsi, par la suite, il aima mieux fréquenter les abords de la mer. Son œil suivait le sillon bouillonnant des navires. Son rêve reforgeait le soc de proue à la mode ithaquienne avec lequel il avait tant labouré l'eau stérile.

En rêve il étendait les voiles, il amorçait la cadence du chant de route : une ombre de flûte gémissait ; sous l'ombre de ces gémissements les rameurs courbaient leur dos de fumée... « Allons, tirons la rame ensemble »... La nave fantomale virait sa poitrine face au large... Ses ailes... l'écume... le vent... et le creux d'eau et l'ample bosse... ses ailes... l'écume... on part ! on part !

Las ! A peine parti, le fallacieux vaisseau s'effaçait.

Il en vint à désirer une carène plus tangible. Il songea à ses anciens amis : « Danse-à-l'ombre », Photiadès, tous patrons de nefs solides.

Il vint au port un après-midi. Il n'y avait pas de voiliers à quai : des barquettes seulement et une balancelle qui portait des blocs de marbre au Temple de Cypris-de-l'onde-bleue. Il demanda.

— Capitaine « Danse-à-l'Ombre », lui dit-on, a pris la mer dès la nouvelle lune pour le Méandre ; Photiadès est allé faire une razzia.

Il remonta la falaise en ployant les reins sous un désir décuplé.

Quelques jours après, de sa guette dans les herbes, il vit un voilier amarré devant le port. C'était la « Vénus ». Des piallements de femmes en montaient, et aussi les lambeaux d'une chanson monotone comme frappée sur une tambourelle d'écorce. Dans une litière à mailles, pendue sous le grand mât, se balançait une négresse. Elle chantait : elle jonglait avec des pompons de laine verte.

Ulysse entra à l'Eros Marin. Patron Photiadès était là, attablé dans son coin favori. Sur son épaule une perruche battait des ailes.

— Veux-tu, dit Ulysse, veux-tu que nous fassions quelque chose, si tu es libre ?

L'autre leva des yeux sans regard. Entre ses doigts mous il pétrissait une mie de pain.

— Une partie d'osselets ? dit-il.

— Non, dit Ulysse qui ne retenait plus son désir, non, une navigation, une petite. Mène-moi à la côte. C'est fait en un rien de temps.

Patron Photiadès peinait pour enlever du milieu de

son regard deux énormes paupières gonflées de sommeil.

— On dirait l'âne badigeonné de goudron. Tu sais que tu cours vite, quand tu t'y mets ! Et Circé, qu'est-ce que tu en fais, on l'emmène ?

— Non, laisse Circé ; le temps est fini. Ce ne sont pas les femmes qui manquent.

— Oh, ça, dit Photiadès qui bâilla à pleine bouche, ça c'est vrai ; et veux-tu que je te dise ? Rien ne vaut une femme noire. Moi, cette fois, j'en avais la pleine cale. Je m'en suis défait comme de melons à la belle chaleur. Rien qu'en faisant les ports du retour. J'en ai vendu deux au vieux boulanger de la Tortue ; deux belles ! Et, en parlant de ça, si tu veux, je te vends la dernière ; pas besoin de s'en aller. Et, avec celle-là, Circé peut venir, elle te la mord comme une tigresse. On y dit Zélinde. Je te vends Zélinde ?

— Non, dit Ulysse, je l'ai vue : c'est celle qui s'amusait avec des balles vertes ? Elle ne fait pas mon affaire. Mène-moi à la côte.

Pour le coup Photiadès se réveilla.

— Ça, alors, par contre, ça a l'air de faire bien ton affaire, il dit ; seulement voilà, ça ne fait pas la mienne. C'est déjà tout combiné, et à changer les projets on perd. De ce temps on est aux négresses, et, de ce temps, aussi, pour des malins j'entends, on en ramasse tant qu'on veut aux côtes d'Egypte. Va chercher ! Pour un coup j'ai peut-être l'occasion de laisser la bourlingue. Encore un voyage comme ça, et je vends la « Vénus », je m'achète une bastide avec un bon mât en cyprès d'arbre, et toute une mer bien tranquille de fenouil autour. Donc... Mais il resta un moment à rêver.

— A moins que... On pourrait peut-être s'entendre ; mais, chacun du sien, pas vrai ? J'ai mon chef de voile qui a une flèche dans le gras du mollet. Ça s'est envenimé, ça sent mauvais, et puis, il est toujours à gémir. C'est un douillet, je l'ai débarqué. Viens à sa place ; de retour d'Egypte je te mène à la côte.

— Ecoute, dit enfin Ulysse, ça serait volontiers, mais ce que je vais faire en Hellade, ça n'attend pas. Sans quoi, tu sais ce serait volontiers, je te jure. Il y a encore un moyen, puisque c'est comme ça ; l'homme qui te manque, je te le donne. Et, bien plus je te le donne tout à fait. En plus de ça, tu n'auras pas besoin de lui donner la paye ; tu lui feras croire tout ce que tu veux. Juste pour la nourriture. Il se pencha vers Photiadès pour lui dire à l'oreille :

— Et, il est seul. S'il attrape un mauvais coup, tu n'auras pas de femme ou de mère attachée à toi comme une arapède, à te crier : « des sous, des sous ! »

Photiadès frappa un coup de poing sur la table :

— Que j'en perde le boire et le manger ! Si tu fais ça, je te mène à la côte ce soir.

*

* *

Ulysse grimpa jusqu'à la bauge d'Archias. Il le trouva qui était en train de parler à un petit nuage comme à une personne raisonnable.

— Allez, dit Ulysse, debout, vieux, on va s'embarquer sur un beau bateau.

Patron Photiadès attendait au bord du chemin. La nuit était venue.

— Voilà ton homme, souffla Ulysse, il n'a pas son pareil pour nouer un câble, il sait des nœuds mystérieux qu'on ne peut défaire. Pour la rame, regarde ses bras ! Il porte en lui une étrange force, il voit les dieux ! Il en reçoit des avertissements pour savoir où gîte le troupeau des tritons ; écoute-le parler et tu connaîtras mieux ta mer.

La balancelle qui croisait dans la nuit claire en face de l'aiguade courba son sillage sous le holà de Photiadès, prit les trois hommes et rebondit balin-balan, le vent en poupe, déroulant les cheveux roux de son fanal.

Des saluts de bon voyage montaient de toutes les barques dispersées sur la vague grise. Debout à la proue, Patron Photiadès répondait gravement à tous par le gémissement de pitié :

— O ta colère, mer !

Car les souhaits des hommes ne sont rien contre le poing de Poséidon, et il est toujours politique de faire croire aux dieux qu'on les craint. Puis il descendit de son banc, distribua quelques coups de pied au cul à l'équipage, but une lampée au boujaron que tendait Zélinde, et s'occupa de la route à tenir.

En sortant des eaux de l'île, le flot assaillit durement le gouvernail. Patron Photiadès, arc-bouté contre la barre rétive, domptait ses soubresauts comme on fait d'un bouc turbulent. Sur son épaule, la perruche battait des ailes.

Ulysse qui n'avait qu'une demi-confiance en son vieux pirate d'ami, se coucha près de lui, et surveilla l'erre.

Première partie

I

Le chemin, comme une trace de couleuvre, déroulait ses anneaux au milieu de l'oseraie. Il faisait chaud : dans l'air visqueux, des touffes de mouches dessinaient les molles ondulations de leur danse nuptiale. Ulysse aspirait goulûment des flocons de vent tiède, espérant une vaine fraîcheur. On entendait gronder le fleuve sous son pelage de bélier.

Le rideau flexible des joncs s'ouvrit sur une étroite plaine qui mimait la chair liquide de la mer. Des vagues de froment brisaient contre le flanc rugueux de la montagne où l'écume des oliviers grésillait ; dans ces calanques ombrées et profondes dormait le flot étale des prés. Une bastidette à forme de nef était à l'ancre sur un champ de trèfles. Ainsi, sous le visage de la terre, Ulysse trouvait toujours les traits aimés de la mer.

Sur un monticule, un ânon poussait le bras d'une noria gémissante. Le bruit de l'eau éveilla la soif d'Ulysse. Il chercha le ruisseau sous l'herbe et but.

Couché à l'ombre aérée d'un figuier, un valet indolent surveillait l'arrosage des lentilles. A moitié plein de sommeil, il suivait d'un œil mi-clos le lent passage des nues blanches dans le ciel.

Ulysse le héla :

— Quelle chaleur, mon homme !

L'autre sans piper opina de la tête.

Ulysse entra sous l'auvent du figuier.

— C'est ça le chemin qui mène à Phéroé de Messénie ? demanda-t-il, montrant la piste qui sinuait entre les champs. J'ai peur de m'être trompé dans l'oseraie.

— C'est ça, dit l'homme. Mais monte vite, il y a des dieux dans les bois.

Vers le milieu du jour, Ulysse ayant traversé les olivettes bruissantes de cigales, atteignit la lisière basse des pinèdes. Il s'assit à l'orée. Ses genoux étaient las : il mangea mélancoliquement sa galette de maïs. Le vent dans les pins verts chantait comme la vague. Ulysse chercha la mer à l'horizon ; mais, dix coteaux chargés de ramures ondulaient entre elle et lui ; à peine, si, dans le bleu du ciel, une bande plus grise...

Il détestait âprement la terre ; il fallait s'y traîner pas après pas et, loin de ces flots sur lesquels il volait, oiseau à bréchet de sapins à grande aile de toile, il se sentait diminué et un peu plus peureux.

Sous lui, la vallée creuse sonnait du bruit des chars lointains : la voix du fleuve coulait à la suite des eaux luisantes : une hache battait au fond d'une olivaie malade. Sparte, blanche et fumeuse comme un tas de cendres chaudes... Il en était sorti à l'aube et, pour s'en détacher, que d'ahans ! Ah ! si elle eût été île bossue au lieu de ville, il se serait éloigné d'elle sans fatigue et léger, poussé par le sein rond du vent.

Dans le murmure marin des pins, il entendit le trot maigre de ses souvenirs qui le rejoignaient.

Deux jours déjà !

La nuit finissait quand il sauta dans l'eau plate près de l'anse sableuse où se déversait l'Eurotas. De la rive, ayant posé son léger baluchon sur l'herbe, il avait suivi de l'oreille et de l'œil la balancelle de Patron Photiadès. Dans le halo de la torche passait le mât, le bec aigu de l'épervier de proue : du pont invisible jaillissaient les hurlements d'Archias. Ainsi, elle s'était fondue la nuit, la mer, la brume la buvant.

De l'air, cependant joyeux, une tristesse suinta à travers sa chair poreuse et emplit son cœur.

Ceux qu'emportait l'oiseau de bois et de toile, il ne les reverrait jamais. Non pas qu'il eût pour eux une particulière affection : hors lui-même, ses aises, ses joies, il aimait peu de choses, mais, autour de Photiadès flottait comme une espérance charnue. C'était en lui qu'il avait eu foi en premier pour quitter Cythère-douloureuse après l'aveu de Ménélas, et Archias, par ses folles paroles, l'avait ensemencé de fleurs merveilleuses que son imagination de menteur embellissait encore.

Plaisir des vesprées quand l'ombre est douce et le temps long, Archias faisait sourdre le monde fantastique qui vit derrière l'air brillant.

Calypso ! Cette seule image jaillie de la cervelle ébréchée avait énamouré Ulysse pour de longs jours. Et la reine-tigre ! la déesse en la peau de laquelle, sous l'ambre, la nacre et les pétales de roses grondait la rage des loups, l'ardeur des juments, la souplesse des belettes et la férocité des mantes vertes ! Ce soir-là, grelottant de terreur, à côté de Circé endormie, il avait amoncelé sur lui les fourrures du lit puis, dans le nid que chauffait son haleine, imaginant de terribles amours avec la déesse-tigre, il s'était épuisé en jeux d'esprit solitaires.

Il ramassa son bâton, sa besace et se dressa. Il s'étira.

Une douleur sourde le poignait aux aisselles et aux hanches. Le sol couvert d'aiguilles brunes glissait; il commença à se hisser de tronc en tronc.

La roide pente huilée d'aiguilles sèches se haussait de plus en plus rébarbative. C'était une lutte des bras et des jarrets : agrippant le tronc du pin, il tirait sa pesante chair. – Sa jambe arc-boutée poussait : ses orteils crispés enfonçaient la sandale dans le terreau mouvant, puis encore, encore et il montait péniblement contre le flanc de la terre – ô marâtre Cybèle, lieuse des pieds, plomb de la sonde des cieux !

Les jurons, comme merles emportés au sein du vent sifflaient, mêlés à son souffle; la douleur de ses aisselles et de ses hanches entrait plus profondément en lui. Bientôt, une à une, les images de ses rêveries s'éteignirent. Il ne songea plus qu'à cette fatigue gîtée autour de ses reins et qui mordait au rythme de ses efforts. De temps en temps, il s'arrêtait, prenait haleine, bandait son torse en arrière comme pour faire lâcher prise à la méchante bête cramponnée dans sa chair.

Il dépassa le front nord des pinèdes. Le crépuscule marchait devant lui sur les champs d'herbe tachés de gentiane. L'onde claire du jour refluait vers le sommet de la montagne; là-haut, enfouie dans le bois crépu, l'auberge dressa sa tête blanche dessus les genévriers, et, comme d'un récif s'envolent les flocons d'écume, le vol des colombes giclait autour de son toit.

Il se réjouit de voir le gîte proche. Il trébuchait sous le poids mal arrimé de la fatigue et le vent de la nuit... le vent de la nuit surtout lui faisait ardemment désirer l'auberge. Ce vent commençait à suinter des chênaies atteintes par l'ombre. C'était un concert de voix graves harmonisé comme un chœur funèbre.

Sous lui, plus encore que sous la nuit montante, le

monde noircissait. Un frisson parcourut l'échine d'Ulysse.

Froid ?

Peur ?

Pourquoi peur ? Il était depuis longtemps éclairé sur les simagrées des prêtres, ces hommes à l'abri desquels fleurissent les dieux. Mais, qui douterait des faunes bêlants à la lune, de tous les petits dieux inférieurs, sylvestres et champêtres dont on suit la trace au matin, sur la boue des marais, et qui font d'un homme une rave ou un terme de bois poli dans le temps d'une prière jaculatoire !

N'y a-t-il pas de nymphes glacées dans l'eau des sources ? – il en avait un jour touché une des lèvres en buvant à même l'eau verte.

Ce n'était pas à lui, Ulysse, qu'on en pourrait conter, mais il savait que le cri des écorces – c'est notoire – présage le jaillissement d'une dryade nue comme une épée et il reconnaissait la bauge d'un satyre au pli des herbes et aux poils laissés.

Peur ? Non pas !

Et frissonnant, sans plus songer au mal de ses membres, il se hâtait à la poursuite du jour fugitif ; le coin de son œil surveillait la gueule béante du bois.

De la pointe de la montagne le jour doré s'envola. Au même instant Ulysse atteignit la barrière de l'auberge.

La maison basse et le pigeonnier rond étaient mussés dans les taillis. Deux longs murs de pierres sèches embrassaient en guise de cour préambulaire un arpent de terre rase où subsistaient seuls les chicots de genévriers mal arrachés. Au centre, s'arrondissait comme un cal la tache grisâtre d'un grand foyer qu'on allumait tous les soirs. Présentement, des valets d'écurie y entassaient des fascines d'oliviers rongées par les chèvres. Sur le visage de l'auberge, une porte s'ouvrit, découvrant le regard rouge de l'âtre : un homme sortit qui portait un brandon fumant. Les ailes bleues du soir battaient autour de lui.

Des cris, une volubile querelle de femmes, la langue chantante de palefreniers parlant aux chevaux, le grésillement du feu qui commençait à écheler de ramure en ramure dans le bûcher, autant de caresses pour l'oreille d'Ulysse. La peur coula de lui jusqu'à l'herbe. Il entra.

Un groupe de paysannes en habits de fête, couronnées de sauge, chaussées de sandales de bois, se disputaient pour la possession d'une niche de la muraille. Un ânier l'occupait avec son bourriquet et ses couffes d'oignons. Il se défendait en invoquant Plutus : et il tendait vers elles ses longs doigts maigres pareils à des faisceaux de sarments.

— Hé, j'ai payé, moi aussi, mes belles !

Elles, comme des oies autour d'un chat, le déchiraient à bon bec.

— C'est une honte, ce bouffi – laisser les femmes se mouiller au serein – que dit-il de nos fromages ? – moins puants que toi nos fromages – O pourri ! – ô fils de l'âne ! – O vieux poil !

Deux mendiants surgis de terre saisirent Ulysse au chiton.

— Une obole pour cet ulcère !

— Mon pauvre bras écrasé, ô compatissant !

Ils exhibaient de fausses blessures frottées d'orties et de jus de datura. Il les souffleta et, ayant craché dans son sillage, ils s'élancèrent vers un marchand obèse qui traversait la cour à petits pas.

Ulysse tâta subrepticement son escarcelle :

— Ces gueux, grommela-t-il...

Mais la vessie de porc était toujours en place.

Sous l'abri oblique d'un char qui levait ses bras au ciel, une guitare gloussait. Du joueur, déjà dans l'ombre, seules apparaissaient les mains ; son corps, comme celui d'un dieu, était de l'autre côté de la nuit. Autour de lui, impondérable et souverain, des bûcherons, des pâtres silencieux dodelinaient dans la musique.

Une image éclaira la tête d'Ulysse au passage :

Plongeant par un midi pour une cueillette d'oursins, il avait vu dans le fond glauque de grandes algues silencieuses et que le halètement de la mer balançait. C'était là, se demandant si une insensible harmonie émanée des gouffres, plutôt que la houle, ne berçait pas ces herbes.

Une bourrade dans les côtes le tira de sa mer ; on se précipitait, l'aubergiste ayant ouvert son éventaire du côté de la marmelade et des viandes. C'était le lendemain foire à Sparte : il n'y aurait sûrement pas à manger pour tout le monde. Il courut avec les autres ; ses jambes douloureuses pesaient. Il arriva juste pour voir disparaître la dernière pomme ; elle était rouge comme des joues de pastoure ! Enfin, en curant le pot, il eut quand même une poignée d'olives confites ; il y avait presque autant de saumure que d'olives !

Comme il se retournait, il vit bondir dans la nuit des chevrettes rouges de feu. La flamme avait pénétré tout l'édifice des rameaux secs : crêtée de fumée torse, étirant sa chair éclatante, elle dansait et le brasier craquait sous ses pieds terribles. Cette danseuse, Ulysse la connaissait de longue date : il se mit près d'elle du bon côté, loin de sa chevelure étouffante et, le dos au vent, face à la flamme, il se mit à grignoter les olives.

Les paysannes, accroupies dans leurs robes gonflées,

entourèrent le feu. Elles mangeaient des concombres au vinaigre ; leur caquet cliquetait plus haut que les braises. Elles parlaient des foires, des chalands, d'amour, car elles étaient jeunes, saines, loin des maris, et l'odeur poivrée du foin ruisselait par les lucarnes du grenier.

— Quand je mène nos ouailles, moi, je vais toujours chez Kratès, il donne le meilleur prix.

— Ouais, disait l'autre, une dodue à lèvres chaudes, je le connais, il vous caresse les tétons au lieu de peser les bêtes. Je n'y vais plus !

— Pourquoi, ma fille ? C'est bientôt fait et après, qui le sait ? Il n'a pas les doigts charbonnés !

Une, un bout de concombre aux dents s'arrêtait de mâcher, attentive au vent dans les figuiers.

Au-delà du foyer, le ventre de la guitare envoûtait toujours les bûcherons. Il en fluait un bruit gluant, moitié ronflement de ruisseau et voix d'arbre ; une musique fruste dans laquelle ces hommes des bois découvraient le visage de leur rêve abrité de tilleuls et mouillé de sources claires.

Ulysse mangeait lentement ses olives.

A toute heure du jour, pareil à une femme devant l'écheveau inextricable du chanvre, il concertait son retour. Le matin, son esprit élastique bondissait comme une balle dans la main du destin : sitôt abattu, il remontait dans l'air fleuri.

— J'étais fou de prendre Ménélas au sérieux ! A-t-il jamais dit paroles sensées ? Je vais trouver ma Pénélope seule et bravette...

Mais, le soir venu, raidi par la fatigue, il était sous les coups du sort comme le tambour d'airain des veilleurs qui frémit tout entier, et la crainte grondait en lui.

Alors il souffrait comme un homme qu'un dieu

écrase : quand il avait pesé pour et contre : d'un côté ce faible Ulysse courageux pour les seuls exploits de la langue, de l'autre, Antinoüs, que sa peur même armait de bras immenses, il était sur le point d'abandonner la quête pensant : « Ma Pénélope est perdue pour moi » ; or, sur l'instant il avait encore plus envie d'elle, il la voyait belle comme elle était à son départ, debout sur l'estacade, et aussitôt il se remettait à trier les piperies de l'espérance.

Il se souvenait de ce départ :

Du manoir au port, ils avaient pris par les venelles allongeuses, lui couvert de fer brinqueballant, insolite au milieu des paisibles ombres sylvestres et des prés avec ses flèches et ses couteaux ; elle, douce, flexible, fleurie de châles et de l'enfant gras et rose comme une grosse rose charnue née de leur amour ! Elle l'aimait pourtant, alors !

Au détour de chaque haie, avant d'entrer dans le soleil, elle appelait : Ulysse ! puis tendait ses lèvres.

Vingt ans ! Qui connaît le travail des dieux durant si longue absence !

La flamme avait aplani peu à peu la bosse du foyer : ce n'était plus que braises blanches sur lesquelles ballait un petit follet bleu. Ulysse s'enivrait de cette blancheur : des frondaisons d'amandiers fleuris couraient devant ses yeux comme s'il passait au galop de son char dans les vergers de sa terre ; une grosse cèpe d'olivier s'ouvrit comme une grenade mûre, s'effrita dans le brasier soupirant et ses débris étaient pareils à des roses. Il eut soudain devant les yeux les lourds rosiers creux où l'on abritait durant les nuits de pluie les dieux de la maison en bois de figuier. Enfin, suscitée par les menus souvenirs, Ithaque hérissée apparut tout entière dans l'air épais qui tremblait au-dessus du feu.

Ce n'était qu'un mirage, mais il avait les couleurs de

la réalité. Il effrayait Ulysse par son exact visage. Les arbousiers rebroussés, le soc des rochers éventrant la mer y étaient reproduits si minutieusement qu'il ne pouvait croire à un simple jeu de son imagination, mais plutôt à quelque maligne raillerie des dieux. Pareille à ces fantômes de fruits glacés que la fièvre suspend devant les yeux des malades, Ithaque naissait à chaque halte. Elle était parfumée de Pénélope. Pour les fêtes de la terre, on déposait sur les autels de Cybèle des gâteaux dont la pâte recelait un grain d'anis ; ainsi, l'île aérienne avait l'odeur de Pénélope et, de même que lorsqu'on mangeait les gâteaux dédiés on était pris de fureur amoureuse par la grâce aphrodisiaque de l'anis, chaque fois qu'apparaissait le mirage d'Ithaque, Ulysse sentait sous sa chair se réveiller le tumultueux serpent du désir. Alors, par une exagération inverse, il supprimait tous les obstacles, il lui poussait d'immatériels bras développés à travers les forêts et les monts comme deux fleuves de fumée et il étreignait Pénélope ; mais, ô subtile haine du ciel, au lieu de s'apaiser dans cette étreinte, au moment où il touchait la fallacieuse chair dénudée, la soif d'amour brûlait plus hautement en lui comme un qui boit à ces sources dont l'eau amère coule entre les racines des cyprès.

Il en était là, quand il entendit près de lui une voix d'homme qui disait aux paysannes :

— Vous faites comme a fait la femme d'Ulysse !

L'ânier avait été dépossédé par les femmes de la niche où il escomptait dormir à l'abri. Non pas qu'elles l'eussent pris et tiré de là comme on sort un escargot de sa coque, mais elles avaient tant crié, tant ameuté de gens hilares, tant réclamé du côté des dieux que l'homme avait décampé de lui-même. Il était à l'abri de ses couffes entassées quand il lui prit envie de se venger de ces rebecqueuses et de faire rire d'elles à son tour. Il ramassa dans ses ustensiles une jatte de terre et, l'ayant emplie d'eau, s'approcha du feu.

— Poussez-vous un peu, mes belles, dit-il.

Les paysannes s'écartèrent de peur de l'eau qu'il renversait à droite et à gauche. Il s'assit au milieu d'elles, posa sa jatte à la limite des braises et, clignant de l'œil vers les uns et les autres pour les prévenir du bon tour, il se mit à dérouler ses guêtres.

Cela ne manqua pas : une touffe de cris se hérissa aussitôt.

— Que fais-tu ? – Arrête-toi, ô empoisonneur ! – O massacre des nez ! – Va te laver, ô bouc !

Elles agitaient leurs bras flexibles et blancs comme de jeunes rameaux de saules, mais l'ânier levant vers elles une face naïve à bouche béante avait l'air d'offrir en balance sa candide blancheur.

— Hé, quoi, n'ai-je plus le droit d'honorer les dieux ?

Sa voix était comme du petit-lait.

— Les dieux ! O menteur, fils, père et frère de menteur : tu vas te laver les pieds, et devant nous !

— Est-ce défendu ? – Il exhibait des pieds tors et noirs comme des ceps de vigne. – Ces bons petits qui me portent sans gémir !

Il les aspergeait comme on fait aux images les jours de fête. On commençait à rire à l'entour, et l'ânier continuant ses simagrées tira de dessous sa souquenille deux petites couronnes d'herbes ; il en coiffa ses orteils qui dansaient devant le feu.

Alors une des plus délurées cracha dans les cendres, et, faisant comme si elle saupoudrait les braises d'encens conjurateurs :

— O calamiteux ! Il est bien vrai, dit-elle, que les mal polis le sont autant avec les femmes qu'avec les dieux ;

ainsi aimes-tu mieux révérer tes pieds, en place de ces beaux humains qui sont en l'arène du ciel ! Mais, mouche-toi, morveux, j'en connais dont l'ire est plus vive que l'hirondelle...

Et elle tira une longue grimace pour mieux mimer celles qui ont des accointances avec les forces secrètes.

Le vieux malin s'étonna :

— Pourquoi vouloir tirer du goudron de ma neige ? Je fais ce que tous font, ce que tu fais toi-même ! n'est-ce pas bien ? dis-le-moi, alors, toi qui sais !

Et les rides autour de sa bouche palpitaient comme palpes d'avettes, car il avait amené les femmes où il voulait.

— Ce que je fais ! M'as-tu vue jamais adorer mes pieds ? O Perséphone, entends le vieux !

La main véhémente, elle quêtait le témoignage de ses compagnes, de l'auditoire, de la nuit, de la forêt qui grondait doucement par-delà les flammèches.

L'ânier, encore plus contrit, plissa sa figure à l'image d'une pomme d'hiver. Il eut un geste comme pour dire : « Nous autres, pauvres, que savons-nous ? »

— Excuse-moi, ma belle, si j'ai mal vu, n'étais-tu pas en cérémonie tout à l'heure ? Tu te mirais dans une petite plaque d'étain, puis tu faisais comme ci, comme ça.

(Il imitait la femme devant son miroir, se touchant les joues, se lissant le nez, se mordant les lèvres.)

— Après, tu as coulé autour de toi un regard de déesse et moi, en voyant cette huile de beauté sur ta peau je me suis dit :

Pour sûr, elle a reçu la salive des karites et c'est pour avoir congrûment adoré son visage. » Et j'ai cherché sur moi-même la partie qu'il me plairait d'embellir et ce sont mes pieds, car, tu le vois, ils en ont besoin. Alors, j'ai adoré mes pieds.

Le rire suinta comme une eau à travers les groupes, gonfla, déborda le cercle, battant les murs, fit le tour, noya le guitariste et, revenant, souleva même les paysannes qui pouffaient, les balançant sur sa houle comme brindilles et oranges sur l'eau clapotante des ports ; il n'était qu'Ulysse de muet : il n'avait pas entendu.

Quand le bruit se fut apaisé, suivant la pente naturelle, on parla des femmes. D'aucuns trouvaient qu'en vérité les moments qu'elles passaient à se mirer et à se peindre seraient mieux employés à taper le maïs ou tourner le moulin à laine.

— De mon temps, dit l'ânier, nos bonnes amies sentaient l'ail et le soleil seul les peignait, mais c'étaient de belles garces. Elles avaient leurs blouses pleines de seins durs comme le marbre, en place de ces palpitants pigeons que la moindre course ballotte.

D'autres avouaient que museaux attifés et haleine souple étaient meilleurs compagnons du déduit et que, somme toute, de tout temps, il y eut des femmes aux seins mous.

— Maintenant, moi je vais te dire quelque chose, ajouta l'ânier, et il tendait vers la controverse sa main aux doigts réunis en bourgeon de lotus. Tu as une femme sans peinture. Bon. Elle passe parmi les hommes : bien malin qui dira : « Elle est belle », même si elle l'est. Ces rouges de lèvres, ces antimoines, c'est un piment, un poivre qui éveille la soif d'amour même chez les abreuvés qui ont bu leur content et, aussitôt de courir après ta femme peinte comme chiens au printemps. Et, femme entreprise femme prise !

Il conta l'inévitable anecdote avec les gestes, les soupirs, les roulements de prunelles : il mimait une charge si grosse des manières féminines que le chœur des paysannes se mit à grésiller comme feu de sarment.

— Ta Chloé avait le ventre turbulent, dit la chorète, ton histoire ne prouve que ça. Nous ne sommes pas toutes taillées sur le même modèle : il en est des prudes qui gardent la foi. Viens t'y frotter, tu verras.

— Belle gloire ! répliqua l'ânier, un vieux barbet comme moi ! Mais, paraisse le godelureau aux joues nettes et vous voilà sur le dos. Vous faites comme a fait la femme d'Ulysse...

La phrase entra dans la chair d'Ulysse ; il ne sut pas si elle avait suivi le canal habituel de l'oreille ou si elle s'était ouvert un passage brutal à travers sa poitrine. Il sursauta à l'appel de son nom : Ulysse... comme prêt à répondre ; c'était la pointe du couteau ; à sa suite la lame entière s'enfonça ; les mots vaguement entendus avant son nom ressurgissaient à rebours !... la femme... comme a fait... enfin il vit la profondeur de sa blessure... comme a fait... la femme... d'Ulysse et, une souffrance soudaine emplit le coffre de ses côtes.

— ... On le disait, certes, continua l'ânier, mais crois-moi, de telles femmes, il n'en est plus ; les mères en sont mortes comme disent les maquignons de Sparte quand ils n'ont plus de bons chevaux.

— Tu nous la bailles belle, ânier, répliqua un homme du clan des marchands, Mme Pénélope passe pour une femme de sagesse.

— Bien parlé, petit, elle passe ; pour l'heure, elle est passée ! D'ailleurs, je ne dis rien que je n'aie vu. Il y a dix jours j'étais à Ithaque ; j'avais un marché avec Conconidès, de La Ravine, pour un bardot tout ce qu'il y a de plus chenu. Je l'avais vu à la foire de Pylos. Il faisait mon affaire, mais Conconidès chantait haut : vingt drachmes. Il est têtu, moi aussi : je le lui laisse. La bête m'aguichait. J'étais à Doulichion ; je traverse. Me voilà chez Conconidès : nous recommençons à chicaner sans reculer ni l'un ni l'autre, toujours têtus comme deux boucs sur un pont et je n'ai pas eu le bardot. J'y retournerai. Mais, le soir, comme, en bas, on criait de la felouque pour m'appeler, le bougre me fait un bout de conduite. Il pensait : « Au moment de partir, s'il voit que je ne lâche pas, il lâchera. » Je suis têtu, je n'ai pas lâché, pourtant, la bête me plaisait. Mais ce n'est pas là l'histoire. Nous traversons le pré : il y a sur le bord des taillis d'avelaniers. Je vois bouger dans la nuit des rameaux comme un nuage blanc et roux...

Le cou tendu, Ulysse écoutait : il n'était plus qu'une vaste oreille. L'ânier ruisselait de paroles comme de sources la montagne généreuse ; sollicité par cent souvenirs de couleurs, de sons et de parfums, il flânait, tournant en rond autour du but comme une chèvre qu'un piquet tient.

— ... Conconidès me touche le coude : « Laisse-les, ça fait déjà deux fois qu'ils viennent ici ; c'est Pénélope et son ami. » Mon premier mouvement est de lui dire comme toi : « On prétend qu'elle est sage ? – N'est-ce pas l'être, me répond-il, que de jouir suivant la loi des dieux ?... »

— Vous êtes tous les mêmes, vous, les hommes, interrompit la paysanne. Tu préviens : « Je ne dis rien que je n'aie vu. » Et qu'as-tu vu ? Un nuage blanc sous des noisetiers ! De là à...

— Attends, ma belle, tu comprends bien que Conconidès a parlé. Mon sentiment n'est pas qu'elle a fait mal. Nous sommes tous dans la main de l'amour, seulement, de celui qui a vu Pan et de celui qu'Eros emmène, quel est le plus fou ? C'est à croire que le commerce des dieux n'est pas sain ; il y a sous leurs plumes je ne sais quelle poussière... enfin, l'amant de Pénélope est un jeunet, un de ces nés-seuls qui ont poussé pendant la guerre sans recevoir l'habituelle ration de coups de courroie. Tu les connais ; ces héros de Palestres, on les huile, on les ponce, on les bichonne pendant que les hommes sont en Asie pour le sport du javelot. Ils n'ont pas eu sur eux la main du père suspendue avec ses orages de gifles et ça nous a fait cette génération de fats à beau profil. Tu me diras : « Ils ne trompent personne. » Nenni, crois-tu Pénélope une de ces nices béates que la moindre flûte lydienne enivre ? Cependant, c'est tel que je te le dis : elle en a pris un : Antinoüs et il se goberge sur ses terres avec son bon appétit.

Il y eut un silence. La guitare était morte. Alors, une voix nouvelle, rauque et soufflant comme les ailes de la colère monta :

— Ecoute, je ne donnerai pas cher de ton Antinoüs si l'Ulysse retourne jamais au manoir !

Chacun leva la tête et chercha d'où elle venait : ceux de l'autre côté du feu se poussaient pour voir. Le plus ébahi de tous était certes Ulysse, car la voix était sortie toute seule de lui-même. L'ânier tendit vers l'interrupteur sa figure plissée et nue comme une vieille colline ; il le mesura dans le compas de son regard, puis il siffla dédaigneusement :

— Pfuu !... Combien en faudrait-il de comme toi pour l'abattre ? Je te l'ai dit, un héros de Palestres ! Il a des fesses dures comme un mortier à blé, des bras aussi gros que ma cuisse...

— Je ne te parle pas de moi, interrompit Ulysse, je te parle d'Ulysse !

— Il est mort !

— Qu'en sais-tu ?

— Hé, ce que tout le monde sait, dit l'ânier surpris, et il en appela de la main autour de lui, demande !

Le bourdon des paysannes approuva, et la voix clapoteuse de deux Crétois, et les bûcherons qui parlaient gravement comme des arbres.

— Et si tout le monde se trompe, dit Ulysse de plus en plus ébahi, car il soufflait, contre son gré intime de regrettables paroles.

— On ne peut pas se tromper tous ensemble, fiston, jeta brusquement quelqu'un, d'ailleurs, sur ce chapitre, je dois dire mon mot car j'ai vu...

C'était le joueur de guitare. Il s'avança en hésitant, à travers le groupe des paysannes. Il marchait lentement, la tête haute, raide comme un pieu : ses bras étendus devant lui tâtaient l'espace. Il sortit de l'ombre et, quand le reflet du brasier eut glissé dans sa barbe, on s'aperçut, à ses yeux fixes, qu'il était aveugle.

— C'est même un des derniers visages sur la terre que j'aie vus avant que la flèche du soleil ne m'aveugle, poursuivit-il en s'asseyant lentement au milieu des disputeurs. Vous avez tous des voix jeunes, vous ne pouvez pas vous souvenir. Peut-être toi, à peine, dit-il en se tournant vers l'ânier, mais tu parles avec l'accent d'Ionie comme si tu en arrivais. Tu devais être loin à cette époque.

J'avais encore mes yeux, je regardais les moutons d'Ialos sur les falaises du Malée. Il me semble que c'est hier. Le soir, mon valet Outus me dit : « Maître, nous devrions descendre, regarde le visage du vent du côté de la Tauride. » Mais moi, j'étais déjà comme une cire sous les doigts d'Apollon, rien ne me paraissait plus beau que la musique du ciel qui flotte sur le sommet des montagnes et je lui dis : « Restons ! » La nuit venue, je le regrettais. L'Ouranos chantait entre ses dents une chanson qui ne me plaisait pas. Nous allâmes sous le grand genévrier. Des lambeaux de la chair de Zeus passaient dans la nuit. Nous étions à peine accoités que le Notos tomba sur nous ; ma brebis blanche fut enlevée comme une plume, elle bêla une dernière fois en passant au-dessus du genévrier vers la mer. Nous serrions les ginestes des genoux et des poings. L'aube nous éclaira, toujours cramponnés à la montagne. De l'endroit où j'étais, j'apercevais la mer par une échancrure. Je vis passer soudain, entre les écailles cliquetantes des vagues le corps inerte d'une tartane. Sur le coup, je crus à un jeu cruel de Maya ; mais, d'entre le vacarme, fusèrent des hurlements. Aussitôt, tant la pitié me saisit pour ces gens que la glauque force broyait, je me jetai en avant malgré la main brutale du vent et, me traînant sur les coudes, j'allai regarder la mer. »

Il s'arrêta. Sa voix avait modelé un monde dans la chair noire de la nuit. Il demanda doucement :

— N'avez-vous pas un peu de vin ?

Un bûcheron tendit sa gourde. Il but. Il avala aussitôt une longue lampée d'air frais puis il reprit (et ses yeux morts étaient toujours dardés sur l'ombre gémissante).

— L'eau bondissait vers le ciel ; la mer fumait. Dans une vallée onduleuse, la tartane désemparée se tordait. Elle traînait ses mâts empêtrés dans les voiles et les cordes comme de grandes ailes brisées. Enfin, elle fit un saut, courut sur la crête d'une lame et, hérissée de cris elle disparut dans la gueule aux dents d'écume.

C'était une tartane d'Ithaque, elle portait à sa proue la tête de serpent. Nous savions que, la veille, Nestor avait accosté à Pylos. Cette nef engloutie était sûrement la nef d'Ulysse. Avec elle, il est descendu sur le fond nocturne des eaux.

L'homme toussa. Il tourna sa tête aveugle vers le

coin d'où la voix d'Ulysse avait coulé et il resta ainsi silencieux, le visage tendu vers la réponse.

— Je t'ai écouté, dit Ulysse, et je frémis encore comme un ruisseau de la montagne car tu contes bien. Ma vie ancienne est revenue devant moi ; si tu avais tes yeux, je te montrerais mes paumes durcies par la rame. J'ai fait la guerre d'Asie. Je connais Ulysse. Combien de fois, au moment où sonnait la trompette, ne l'ai-je pas vu harceler les dos troyens puis revenir aux vaisseaux le dernier, couvert d'un sang plus épais que la poix ? Certes, j'ai cru aussi que la mer étouffeuse l'avait eu. Maintenant, moi je vous dis : je l'ai rencontré naguère au pont des lianes, non pas ombre, mais chair solide, je l'ai touché, touché comme je touche cette jambe, je lui ai parlé, il est vivant !

Ils s'exclamèrent tous ensemble ; le guitariste fit à la ronde le geste apaisant de sa main ; il paraissait vouloir conduire cette discussion comme une affaire personnelle.

— Toi, dit-il, tu nous arrives porteur d'étranges nouvelles ; n'était le son de ta voix, je jurerais que tu mens.

— Que je sois changé en baudet si je mens, dit Ulysse ; aussitôt, inquiet, il épia le bruit des dieux dans la forêt.

Il poursuivit, rassuré et bourru :

— Je ne suis pas habile aux contes, c'est bon pour ceux qui vendent leurs paroles et les graines de leur guitare : chacun son métier. Le mien est de dessiner les routes sur la mer avec des burins de bois. Mais je dis franchement ce que je sais.

— Ne te fâche pas, mon garçon, – et les doigts maigres du guitariste couraient dans les poils de sa barbe – on peut douter premièrement de nouvelles si énormes. Le sort d'Ulysse, en son temps, nous a tous passionnés.

Il y a quelque chose de divin, à tout prendre, dans la disparition de cet homme qui fond au milieu de la vie comme une vapeur. Mais, la raison aidant, il n'est pas le premier à s'évaporer ainsi, c'est même un sort commun chez les marins. Je t'accorde, en passant, qu'on n'a pas retrouvé les bois de son vaisseau, mais, tu le sais, la mer est une rude mangeuse. Depuis, les pommiers ont fleuri neuf ou dix fois et, tout à coup, tu arrives et nous dis : « Votre Ulysse ? Je l'ai rencontré hier à deux pas d'ici », comme si c'était tout naturel ! Nous ne demandons pas mieux que de te croire, mais, s'il est vivant, que n'est-il venu plus tôt ? Il n'y a pas loin de Troade ici. Nestor a mis dix jours par bon vent. Qu'a donc fait ton camarade pendant dix ans ?

Ulysse resta silencieux, comme un qui a reçu un coup de poing au menton et vacille, la tête alourdie d'images fulgurantes : il revoyait en éclair les ports aux bras de femmes, Cythère la rocheuse, Circé-glu, Photiadès... Soudain, il remâcha la phrase passée : « il y a quelque chose de divin, à tout prendre... » Archias passa devant ses yeux brouillés, conduisant l'échevelée procession des dieux et il sentit comme une source fraîche crever en lui.

— Ah ! toi qui doutes des choses les plus simples (les mots passaient tout seuls la barrière de ses lèvres), j'aurais voulu que tu sois dans les caniers de l'Eurotas quand Ulysse me conta ses aventures. Il me semblait à moi aussi que la route de mer fût courte entre Asie et Hellas, mais il m'a expliqué, et sa voix était comme le filet froid de la fontaine sur la tête de l'ensommeillé matinal.

Il y a derrière l'air du jour des forces étranges que nous connaissons mal. Ai-je besoin de vous le dire : vous, les bûcherons, vous le savez aussi bien que moi :

les arbres pleurent vraiment quand on les coupe, n'est-ce pas ? Et la fibre gluante des troncs écorcés tressaille comme une chair qui souffre. Est-ce vrai ? Ou nous a-t-on cloché des sornettes ?

Les hommes des bois s'entre-regardaient, pesants et lents : l'un d'eux passa longuement sa langue sur ses lèvres, ouvrit la bouche et sa parole ne vint que bien après, comme une fille timide qui hésite sur le seuil du bal.

— Il y a beaucoup de choses que je ne comprends pas ! Mon beau-frère qui est fermier chante en travaillant sur le sol nu, Moi, quand je suis dans la forêt, tant que ma hache bat, ma tête est pleine du bruit de ma hache et ça va : si je m'arrête, il me semble aussitôt que quelqu'un de très grand est debout derrière moi et me regarde. Un jour, j'ai entendu crier les érables, je me souviendrai toute ma vie.

— Tu vois, reprit Ulysse, toi, l'ânier, quand tu passes devant les treilles de roses, tu surveilles ton âne du coin de l'œil pour voir si, broutant les fleurs, il ne va pas soudain se muer en genni qui pétarade du feu.

L'autre, soucieux, acquiesça de la tête.

— Les dieux descendent dans les villages. A Kératia, Hermès a violé la femme d'un forgeron ; à Cabris, il y a une chevrière que l'on a vue voler comme une aiglonne à travers les vallons.

— Mousarion, dit une paysanne qui depuis un instant bouillait d'impatience, Mousarion, la laitière de chez nous, vous savez bien, a fait un enfant qui a deux petites cornes d'or. C'est Pan qui l'avait prise !

— Elle n'est pas la seule, continuait Ulysse, combien d'assaillies ai-je vues, qui dorlotaient de petits satyreaux aux yeux verts.

Il se tourna vers le tas imprécis où, marchands de cabres, palefreniers, maquignons écoutaient :

— Et vous autres, si vous trouvez au bord de votre chemin un puits solitaire qui bâille sous le figuier, osez-vous cracher dans l'eau noire ?

Ils s'émurent à cette seule idée.

Ulysse cligna de l'œil en souriant, et il bourra du coude les côtes du plus proche :

— Dites-le, il n'y a point de honte ! Je veux vous montrer que les dieux ne sont pas sous les tuiles du Temple : il y a là, seulement ceux de l'ombre, ceux des pigeons, ceux de la fontaine lustrale, mais la plupart du temps, celui qui a son nom inscrit sur le fronton, se soucie peu de la maison bâtie pour lui et, indifférent, il étire au-dessus du monde son immense corps translucide. Les golfes que découpe dans le ciel la ligne ondulée des collines grouillent de la vie des dieux : dans l'intervalle qui sépare les hommes, ils marchent, se coulent sous les manteaux, se cramponnent aux chars, se glissent même entre les lèvres qui s'approchent pour un baiser et, en fin de compte, flottent autour de nous comme de molles algues invisibles. Habiles à suivre la sinueuse trace des hommes, ils ne se manifestent que par hasard quand on les rencontre fatalement ; ce ne sont que heurts légers entre eux et nous, nous n'entendons un peu mieux le bruit de leurs ailes qu'après la mort du jour.

Les dieux, il y en a plein la forêt, là, tout autour ; des dieux, il y en a peut-être un parmi nous ce soir : peut-être toi, dit-il, pointant son doigt au hasard vers la poitrine d'un bûcheron.

— Moi ? balbutia l'autre éberlué, non pas, non pas, et il baissa les yeux sur lui pour voir son corps, puis, les reposa élargis sur le visage de ses compagnons, je suis Andros, Andros fils de Korès. On me connaît...

— Cela fait-il quelque chose à l'affaire, gloussa Ulysse, crois-tu que ce soit difficile pour eux de se glisser dans ta peau sans même que tu le saches ? Ce sera d'abord comme un léger battant de clochette dans ta tête vide, certains soirs elle sonnera le son de l'airain. Un beau jour, tu te mettras à danser dans la poussière des champs, tu fouleras sous tes pieds les fleurs, les fruits, les femmes que tu aimais, puis, ventre à terre, tu t'enfonceras dans la solitude des bois. On trouvera sous les acanthes ta carcasse pourrie, mais le grelottement de ton cœur, par les chemins secrets, s'en sera allé sous le pelage d'un satyre. Ecoute-les : la futaie de chênes réglait un vieux compte avec le vent du large. Ecoutez-les, vous autres aussi, tout ce que je vous dis, vous le savez confusément, et c'est pourquoi vous ne voulez pas passer la nuit dans la forêt ouverte et que vous vous entassez ici les uns sur les autres autour du feu.

L'ânier regarda furtivement la forêt, il se sentait maintenant entouré de griffes, de dents, de poils touffus : une large face barbue, hérissée de cheveux fulgurants, emplissait la coupole de son crâne et il la voyait interposée entre lui et la nuit. Insensiblement il se tira plus près des braises, il sentit contre son dos son collègue qui s'approchait aussi. Une paysanne réclama des branches de pin pour aviver la flamme ; doucement le cercle tout entier se resserra contre l'épée du feu.

— Mais, poursuivait Ulysse, avez-vous songé au sort d'un homme qu'un dieu ennemi harcèle ? Le visage du ciel s'effondre, la terre se meut sous ses pas – comme le flot de la mer, la colline qu'il gravit se lève soudain, meugle et saute de l'autre côté du monde, l'île qu'il cherche nage, le fuit, s'enfonce vers les gouffres ; et si, gonflé de courage, il s'obstine, le chemin qu'il suit se tord et revient sur lui-même comme un serpent qui se mord la queue.

Il se tut, la gorge râpée par les mots vifs.

— Bois un coup, fils, dit spontanément le guitariste.

Il tendit la peau de bouc, ce geste semblait être le sursaut d'une admiration mal contenue.

— Bois un coup, et, encore une fois, ne te fâche pas. Ta phrase est comme un amandier chargé de gui. Elle veut dire autre chose qu'elle ne dit. Personne n'oublie les dieux, moi moins que tout autre, mais raconte-nous, ont-ils barré la route à Ulysse ceux-là ?

Ulysse, la bouche collée à la bouche de la gourde, buvait. Le serpent rouge et froid du vin descendait en lui. Il songeait aux lèvres de Circé, des fleurs merveilleuses s'épanouissaient entre les parois de sa peau. Comme du haut d'une colline la plaine, il vit les aventures magiques étalées devant lui.

— La sagesse est dans ta bouche, vieillard, reprit-il d'une voix plus sourde mais posée. Les dieux tenaient Ulysse dans leurs mains. Si nous avions été à sa place, notre ombre délivrée courrait déjà les plages à la recherche du plus gros de nos os.

Lui est toujours vivant, et voici ce qu'il me dit dans les caniers de l'Eurotas...

Il toussa pour s'éclaircir la gorge.

Depuis un moment des inquiétudes d'oiseaux pépiaient au sein des arbres. Au-delà de la forêt, le ciel se poudrait d'un sable d'argent qui étouffait les étoiles. Enfin, un soc éblouissant dépassa la rondeur noire de la terre : l'onde molle de la nuit se mit à bouillonner contre l'étrave de la lune.

La voix d'Ulysse sonna longtemps contre les murs.

II

Au petit jour, le guitariste s'éveilla d'un sommeil fleuri comme une eau qui flue entre les genêts. Il perçut l'aube dans la lèche glacée du vent : il lui semblait que deux pétales de pervenche étaient collés sur ses joues. Sa nuit intérieure était illuminée par un grand genêt d'or, les paroles d'Ulysse glissaient encore contre ses oreilles avec le vent confus. Il ramassa ses hardes à tâtons. Des tintements de mors et de chaînes le guidèrent vers les écuries. Au seuil du portail il comprit qu'un roulier harnachait des mules.

— Tu attelles ?

— Oui, dit une voix mêlée au crissement de la paille.

— Pour où ?

Au lieu de répondre, l'autre siffla l'air : « Bilon Bilette... »

— Je suis aveugle, fils : les dieux ont mordu ! Si tu me laisses, pourrai-je jamais me dépêtrer de ces forêts ? Celui qui ne voit pas, tu sais...

Il avait amené sur ses lèvres et sciemment tordu un petit sourire souffreteux...

— Je vais à la piste de Mégalopolis, dit l'homme, attendre mon maître.

— Qui est ton maître ?
— Sarkos, le marchand de porcs.
— Je le connais, j'ai chanté chez lui.
L'homme se mit à rire.
— Je ne crois pas. Mon maître n'a pas de maison ; les bois seuls... il court de foire en foire, il couche dans les pâturages avec les porchers. S'il sait des chansons, ce sont celles qui font marcher les porcs : la trique et les coups de pied dans le ventre.
— Un maître dur est plus amer que la rue, conclut le joueur de guitare. A quoi pensent les dieux ! Tu as cependant belle voix, je m'y connais, et, de ces voix, on n'en a pas quand la tête est vide. Pourquoi ton sort te courbe-t-il chez ce marchand de porcs ?
— Pauvre, qui peut le savoir ?
La voix s'était adoucie. Il y eut deux soupirs ; enfin, l'homme se décida.
— Saurais-tu te tenir sur la mule ? dit-il. Elle est douce, et puis, je t'attacherai à la queue de la mienne...
Ainsi, le guitariste descendit du dos de la montagne. La main au bridon, le palefrenier menait la bête. Le matin était parfumé de lavande : on entendait rire des eaux. Le soleil monta. Ils traversèrent un plateau sableux d'où la poussière s'envolait. Au fond de l'horizon courait un roulement sourd : le charroi sur la piste de Mégalopolis.
Les mules allaient au pas. Le chemin était facile : les deux voyageurs ballaient ensemble de la tête. Le roulier somnolait, le guitariste portait en lui une ivresse d'or, le grand genêt resplendissant et tout fleuri qui illuminait sa nuit : la voix d'Ulysse.
Il confrontait intimement la merveilleuse histoire neuve et les vieux lantiponnages appris et rabâchés de veillées en veillées. Des frissons émerveillés le parcou-

raient au souvenir de ces images que la voix d'Ulysse avait pointées sur le mur noir de ses ténèbres.

— Oh ! cette mer, où les sirènes agglomérées comme des blanches îles flottent dans la houle soulevée par leur chant.

— Oh ! ce boucoliaste qui flûte et berce la mélancolie de son cœur avec ce soupir de flûte, au seuil de la caverne où l'herbe sanglante est fleurie d'os blêmes !

— Oh ! cette brune graminée – Circé chargée de filtres – qui oscille et balance sa lourde tête dans la clairière étroite de la chênaie !

— Oh ! Oh ! Oh !...

Il portait en lui le genêt d'or.

— Çà, ne pourrais-je pas mesurer ces paroles et les chanter ? Un bourdon de ma guitare imiterait la présence divine de la mer ; le grignotis de l'aigu ! Pallas qui marche entre les oliviers aux feuilles dures, puis, puis...

Et il fredonnait à voix basse.

Les paroles d'Ulysse faisaient lever en lui une nuée d'images neuves.

Ulysse s'éveilla pour avoir senti sur sa peau la langue rêche du jour. La cour de l'auberge était vide ; déjà la preste matinée disparaissait derrière les montagnes de violettes.

Il serra la courroie de ses sandales, apprêta son bâton, chargea sa besace. Une salive gluante embourbait son gosier.

— De quel côté maintenant ?

La chênaie partout pareille ! De la porte, deux sentes s'écartaient comme brisées par un coin de forêt. Il revint sur ses pas et héla l'aubergiste qui donnait à ses chèvres.

— Par où, pour Mégalopolis ?

— Le raccourci à gauche, après la benne au cresson », mais l'enseignement vint aux oreilles d'Ulysse enrobé dans un grommelis de branchages. Il entra dans une sapinière. Ce n'était plus maintenant la mélopée des vallons esclaves, le crissement des araires, le pas léger des eaux, mais la voix cruelle de la terre libre.

Une inquiétude étrange habita Ulysse. Il chercha autour de lui les bruits familiers de sa vie. Il écouta : sa sandale était muette : il ouvrit la bouche pour tousser, et, il ne toussa pas tant il eut l'impression de bâiller au sein d'une eau étouffées.

La colline sauvage grondait au soleil !

Mais la cruauté même de cette voix fascinait comme un sifflotis de serpent : Ulysse gourd et lourd marcha sans plus penser. Les vestiges de sa fatigue l'éveillèrent. Il s'adolora de nouveau au souvenir de sa souplesse perdue.

Mauvais matin malgré le doux air et l'herbe soève où fraîchissaient ses pieds.

Il lui revint d'avoir obéi la nuit passée aux sollicitations de sa fantaisie, et dans des proportions où jamais son mensonge ne s'était gonflé.

— J'ai juré le nom des dieux ? Je me suis mêlé à leur vie terrible ! Pourquoi ?

Le mensonge surgit par morceaux horribles devant lesquels il trembla.

— J'ai attiré leur œil sur moi!... Etais-je pas bien caché dans les herbes? Je les ai défiés par le dard de ma langue, puis j'ai clamé mon nom vers eux, comme un couillon!

Plus il réfléchissait, plus il se sentait prisonnier de son mensonge, comme un bûcheron dont la main est prise dans la fente refermée d'un tronc.

A la sortie de la sapinière un vol de pies s'éploya vers la gauche. Cet augure néfaste arrêta son pas sur l'instant. Il se souvint de la mare cressonnière signalée par l'aubergiste. Autour de lui rien n'annonçait l'eau: roches décharnées, herbes rousses comme poil de renard. Une haleine torride fumait par les fentes de la montagne. Une étendue de collines moutonnait, coupée de vals étroits débordants de maquis. S'il y avait une source elle ne pouvait être qu'en ces bas-fonds. Ulysse descendit et entra dans la broussaille. Il avança péniblement dans ce lacis d'aubépin, de viorne, de clématite cotonneuse. Un peuplier qui dominait le taillis lui donna bon espoir. Hélas! au pied de l'arbre se levait le lit sec d'un torrenticule à peine gros comme une trace de lézard. Il s'arrêta : les deux antennes de son regard palpèrent la chair dorée du jour. Aussitôt le silence l'enveloppa: un silence effroyable! La montagne semblait retenir son souffle pour mieux épier l'homme perdu. Le cœur indocile d'Ulysse ébranla toute sa ramure de sang. N'était-ce pas le vol de quelque vengeance qui glissait dans le ciel épaissi?

Il remonta de l'autre côté de la combe, et sitôt en plein air, reprit bonne haleine du ciel bleu. La terre ondulait maintenant en plis forestiers. Le bois dressait son écume grise dès le bas de la colline ; il courait à perte de vue en grondant. Des roches nues, des bosses sans un poil d'herbe le trouaient. Il était comme une grande toison de bouc sauvage que le couteau du boucher a entamée. Aucune ferme. Aucune de ces fumerolles qui signalent le campement des bergers! Au-delà, une brume brillante tremblait sous les flèches du soleil. Ulysse sentit en lui grandir la peur. Il était désormais inutile de chercher à suivre les avis de l'aubergiste ; mieux valait marcher le long des crêtes, et guetter les traces de la piste sur les lambeaux de plaine inscrits dans l'échancrure des vallons.

Ainsi, grillé de soleil, dévoré de soif, Ulysse erra sur les montagnes osseuses. Ses yeux buvaient aux sources mêmes de la désolation : pierrailles d'où jaillissait à peine le dard des lavandes, le corps de la terre avait été charrué par les griffes de la pluie ; de larges blessures béaient suintant un fil d'ombre chaude, des plaies séchaient sous leur croûte de mousse, l'air gémissait un gémissement sans fin.

A l'heure la plus douloureuse de l'après-midi, Ulysse, tremblant d'espoir, découvrit dans le feutre de l'herbe sèche la peau écailleuse d'un sentier. Un flot de forces nouvelles le courba courant sur la trace... Il trouva une figure de pas. C'était l'empreinte d'une grosse sandale fortement marquée dans la poussière. Il se pencha au rebord de la colline: en bas, un toit de vieilles tuiles grises émergeait des frondaisons. Il descendit, l'oreille au guet, imaginant déjà la campée des bûcherons: les haches pendues, la soupe de chou, les souples litières de feuilles.

Il déboucha brusquement sur une lune de gazon devant une maison muette. C'était un vieux temple dont la coque n'abritait plus que le lierre et le chèvrefeuille.

Il lui sembla que quelqu'un, dissimulé derrière le voile de l'air, jouait avec son cœur, l'allégeant ou l'accablant du désespoir suivant sa fantaisie.

Malgré le silence du vol, il entendait comme mille cythares chantant ensemble un chant funèbre.

Il se souvint de ce chant funèbre que l'haleine de la mer soufflait dans les encordellements de la flotte quand elle surgit devant Troie hérissée.

Etait-ce la voix de ce dieu ironique et joueur dont il percevait maintenant les effluves et qui, plus véloce que la flèche, courait au-delà de la terre en tenant l'espérance embrassée?

Il s'élevait de ce temple une harmonieuse horreur, plus harmonieuse et plus horrible que la danse sacrée des éléphants de la nuit, et, c'était l'harmonie de ses proportions. Les doigts de l'homme l'avaient portée à la limite de la perfection en l'honneur de la sanglante Artémis Kallisté. Mais, à cette froide harmonie s'ajoutait la vie libre du bosquet, les fleurs, les feuilles, les tiges où bourdonnait l'invisible ruisseau de la sève, et, il semblait que dans le marbre même, un sang vert coulait lentement.

Ulysse s'avança cherchant l'habituel bassin d'eau lustrale où il pensait tuer sa soif. Il ne trouva qu'un trou fétide: quelques moussettes indiquaient à peine le lit de l'eau partie. Ce devait être la mort de cette fontaine qui avait fait déserter le temple.

Une colonne issait des prêles ; elle portait une lourde végétation d'images et de plantes. Un liseron épousait avec amour le corps dangereux de la flexueuse Artémis ; il haussait vers les impassibles lèvres d'où sourd la foudre le tendre calice de sa fleur. Un griffon élargissait vainement ses ailes chargées de mousse. Héraclès décochait ses flèches immobiles contre une branche d'églantine qui égratignait la pierre. Les dieux et les herbes vivaient leur lente vie éternelle.

Sur l'entablement, une rondelle de métal luisait. C'était le miroir à deux couvercles: une colombe mobile le fermait. Sur un côté, il y avait une femme vêtue de l'égide ; elle brandissait la lance et se protégeait du bouclier. Sous le casque à haut panache, sa figure féroce était fortement marquée: deux grains de poussière logés dans ses orbites creuses les emplissaient de deux yeux vivants. Ulysse sentit que ce regard le cherchait. Il se souvint de la nuitée passée à mentir! Il ouvrit le miroir: dans l'étain éraillé se refléta son propre visage, cireux, déformé comme celui des morts couchés sous l'épaisseur de la terre. Il baissa le couvercle, se retrouva sous la sagette double du regard d'Artémis et la lance dardée sur sa poitrine ; il trembla, une invocation de pitié mouilla ses lèvres...

Un petit vent campagnard, de ceux qui vont, un brin de sauge aux dents, écarta soudain les feuillages, et Ulysse, serrant les fesses, s'enfuit sous le couvert.

Je me suis égaré dans la colère de Pan silencieux !

Il aurait voulu fendre ce pays sauvage d'une traite droite jusqu'aux plaines, mais le souffle coupé, il dut demeurer sous la résille ténébreuse des arbres.

Après ce contact avec la transparence des dieux, il s'écarta des ombrages musiciens de peur de trouver le faune et sa flûte, ou le centaure cherchant ses puces ; il tressaillait à chaque éboulis de pierrailles, s'attendant à être ravi par quelque nymphe d'écorce ; il toucha dans le silence le mystère des mille corps divins en chasse autour des hommes.

Le ciel s'épaissit. Ulysse vit s'avancer l'étouffante nuit, une petite étoile sourire. Il remontait le lit tintant d'un rio sec quand les ombres se fermèrent sur lui. Il se mussa dans l'herbe chaude.

A ce moment, assis sur les ridelles tremblantes d'un tape-cul chargé de légumes, le guitariste entrait à Mégalopolis. Le trot de la bédoule avait scandé tout le jour durant la mesure de la complainte neuve.

Cette nuit fut une dure nuit pour Ulysse. Le sillage des renards, le glissement des blaireaux, et, de temps en temps, le coup de gueule d'un loup tissèrent le silence. Une petite brise fraîche coula. Elle était faite d'agiles nymphettes, les bras chargés de parfums volés. Elle mit sous la narine d'Ulysse l'odeur d'un tilleul, d'un fourré de lilas, d'un buisson de roses ; mais, à la fin, elle le mordit de ses dents glacées au gras des cuisses, le forçant à se pelotonner à croupetons sous les branches plates d'un thuya.

Il s'éveilla dans un monde visqueux où les arbres ne haletaient pas mais balançaient lentement leurs feuilles à la façon des algues au fond de l'eau. Il lui semblait que la terre, molle, se soulevait sous lui au rythme d'une puissante haleine. Il leva les yeux : sur le disque de la lune se découpait la tête biscornue d'une vache. Elle meugla. Le bruit roula clamé par le buccin des vallons. La forêt grommelait comme une foule. Des craquements lui firent tourner la tête, et, il vit s'avancer, couchant les hêtres et les chênes, le vieux temple qui marchait sur les huit pattes de ses colonnes. Les dryades jaillissaient de l'herbe devant ses pas. Il avait désarçonné ses bas-reliefs, et, ils couraient autour de lui, s'allongeaient derrière lui, comme une troupe de fleurs que le ruisseau charrie. Il s'approchait, pareil à un lourd crapaud blanc, le ventre de ses murs écrasant les genévriers, la gueule rébarbative de sa porte béait vers Ulysse. Il s'arrêta, jeta une bulle de bave : Une Déesse ! Candide, couronnée d'immortelles, pieds nus, plus fins que bulles de lotus, une déesse ! Sa chevelure n'était pas de poils mais de plus de cent colombes faite, et qui, battant des toutes ailes à la fois, imitaient des cheveux d'argent gonflés de vent et faisaient couler dans la nuit un roucoulis sourd.

Elle regardait Ulysse. Sa prunelle violette s'élargissait comme une île de goémon que le flot sans cesse accroît. Elle resta immobile longtemps, longtemps, offrant tous les plis de sa chair :

— Oh ! Mon amoureux ! Me reconnais-tu ? Est-ce bien moi que tu tins embrassée sur le lit de la mer ?

Elle resta ainsi longtemps... tant qu'Ulysse n'eut pas caché sa face dans l'herbe.

Matin ! L'eau claire qui porte les brindilles du soleil coule dans le pré de la nuit et noie les étoiles. Matin ! Roses entassées sur le bord du ciel.

Ulysse ouvrit l'œil. Toujours la montagne spartiate et non le coin de bois hanté de divins monstres ! L'aube lançait dans le ciel des poignées d'alouettes. Haletant de joie, Ulysse vit s'élever au-dessus des taillis les volutes neigeuses d'une fumée.

Il eut tôt fait de courir à ce campement de bergers.

Deux jeunes pasteurs nus tendaient leurs tuniques ruisselantes de rosée à une flambée de branches de cèdre. Ils riaient, se lutinaient à coups de pied, se giflaient les fesses, sautaient autour du feu comme deux balles. Le troupeau couché dans le thym semblait un nuage d'été. Ils suspendirent leurs jeux pour accueillir Ulysse, et, s'étant vêtus, le nourrirent aimablement de tomme fraîche, de noisettes et de miel.

— Ce matin est un vin des yeux !

Ulysse s'enivrait de naïveté humaine et de blancheur. La horde des images nocturnes refluait dans le fond noir de son âme.

— Vous avez passé la nuit dans la colline, demanda Hylas, l'aîné des pasteurs ?

— Oui.

Il s'extasia :

— La belle chose !

Ulysse tranquillement acquiesça : il avait maintenant un corps plus léger que le ciel clair.

— Je vais rejoindre la piste de Mégalopolis.

— Vous en êtes loin !

Mais le plus jeune, Daphnis, dans le feu de l'âge, aussitôt :

— Il y a un raccourci derrière le ...

— Non, mon petit, interrompit Ulysse, je les connais, les raccourcis ! Ce qu'il me faut, c'est un honnête chemin où je trouve bientôt l'ornière des chars.

Alors, Hylas :

— Si vous pouvez attendre un peu, Daphnis descendra tout à l'heure pour porter à la métairie un petit agneau malade. C'est près de Mégalopolis. Avec lui, vous ne craindrez pas de vous perdre.

Ulysse s'en alla avec Daphnis. Insouciant des mystères de la montagne, le pur Hylas faisait là-haut sonner les pipeaux, et le vent, pendant longtemps, leur en porta la musique. Le soir ils couchèrent en bordure de la plaine. Vers le milieu du jour suivant, Daphnis prit une traverse pour aller à la métairie, et, peu après, Ulysse entendit dans une cyprière Mégalopolis qui ronronnait comme une mauvaise bête.

III

Ulysse s'arrêta devers une fontaine. La large stèle, camuse et ruisselante, s'érigeait au seuil du bosquet de cyprès, son triple gosier déversait le cristal d'une eau amère.

Il lava ses jambes, plongea ses bras dans le bassin où flottaient des grains d'avoine. De ses mains ballantes des gouttes pleuraient comme la force liquéfiée de sa fatigue.

La cyprière, courbée en lame de faucille, plantait sa corne noire dans les murailles de Mégalopolis. A la lisière, se balançait la silhouette d'une canéphore descendant des vergers. Derrière les feuillages et la ville, l'Arcadie se hérissait.

— En deux étapes, je traverserai ces montagnes ! Puis, Ithaque !

Si quelque dieu jailli des herbes lui avait offert en ce moment la réalisation subite d'un souhait, il aurait encore ajouté à la lourde besace d'incertitude. Deux désirs contraires déchiraient le cœur d'Ulysse. L'un, pareil à un câble amarré dans Ithaque – et, plus précisément, dans ce halo balayé par la tunique de Pénélope – le tirait irrésistiblement vers l'île natale ; l'autre, invisible chuchoteur, suivait ses pas, énumérant à voix basse la tragique litanie des maris égorgés, et Ulysse soubressautait dans la poussière comme un porc que le boucher entraîne.

Si la naissance inattendue de son mensonge et la crainte nouvelle des ennemis célestes le rendaient de plus en plus rétif, le lien d'amour aussi se tendait à arracher les parois de son cœur.

Sur la route de Mégalopolis, Daphné, plus frivole que la mésange, avait escaladé les murs d'une villa pour dérober des caroubes. Ulysse faisait la guette. Dans l'onde mouvante de l'ombre, il avait vu une Aphrodite de grès : œil mi-clos, bouche offerte aux brises, ventre comme panse de cruche, et toute constellée de gouttes de soleil ; et, cette fois, nette, précise, s'était levée en lui, telle un jet d'eau, l'image de sa Pénélope. Cette chair qui était sa chair... jadis !

Depuis, il disputait avec le chuchoteur – ce pauvre lui-même, menteur, et si prompt à croire ses propres mensonges – et sans jamais avoir raison.

Ainsi, quand il se répétait : « Bientôt Ithaque ! » il ne pouvait faire le juste départ entre sa joie et l'envie de se coucher dans les menthes pour y tout oublier.

Comme il longeait la lisière du bosquet, une troupe de coureurs en jaillit. Elle était portée par deux larges ailes de poussière. Elle s'essaima dans une farigoulette vers un lointain portique bleu. Un jeune gars qui boitait lâcha le train.

— La courroie de ta sandale est mal mise, dit Ulysse en arrivant près de lui. Regarde ! Elle est croisée sur le nerf du talon : je l'ai compris en te voyant courir.

— Je m'entraîne depuis dix jours à pieds nus, et ce simple lacet me coûte la course !

— Tu as de belles jambes, petit ; si demain tu veux

arriver premier, lace tes courroies à la marinière, c'est aussi solide que ta mode arcadienne et ça ne serre pas les tendons.

Mégalopolis, accoîtée dans les arbres, jouissait du crépuscule. Les pieds gris et roux du soir couraient sur les tuiles en éveillant les pigeons. La foule coulait joyeusement vers les platanes des boulevards à la rencontre de la nuit. La vie, que la touffeur du plein jour repoussait dans les frais vestibules, ruisselait dans tout le corps de la ville : les fileuses de laine portaient le tabouret sur le pas des portes, le potier arrêtait sa roue, s'essuyait les doigts au tablier de cuir. Un vent subtil enlevait des guirlandes de fillettes et les poussait vers le carrefour de l'épi, où un vieux savetier faisait danser la jeunesse. Du porche des auberges coulait un flot de braiements, de jurons et d'appels. Les maquignons, qui venaient d'essayer des chevaux, flattaient l'encolure pour apaiser les nerfs frémissants. Des tanneurs passaient, enveloppés d'une pulpe d'odeur violente. Les fontaines, alourdies de cruches et de bennes, secouaient des grappes grésillantes de bavardes. Les peseurs d'épices mettaient les volets aux boutiques. Les cabarets dévoraient les hommes à pleine gueule.

Le bourdon de la ville était plus allègre. Des acclamations crépitaient du côté du portique où la course passait. Le bruit cruel des métiers s'apaisait peu à peu, et la joie délivrée de l'ouvrier fleurissait en rires spontanés. Les marchands de limaçons à l'eau de sel criaient leur thème commercial. L'odeur même – odeur d'ail et d'huile chaude – chantait le soir et le repos.

Au moment de quitter Ulysse, Daphnis avait dit :

— N'allez pas dans les auberges de la ville, elles sont pleines de poux. Demandez la maison de Contolavos, le marchand d'huile, c'est mon ami. Il est bonne langue, et, à mon nom, il vous amusera tant que vous voudrez.

Ulysse entrait à peine dans la foule que déjà la moitié de son inquiétude s'envolait. Son pas s'inscrivait dans des empreintes encore chaudes, des épaules touchaient son épaule, le bruit, la forme des hommes le pénétraient par ses oreilles et par ses yeux. Des femmes passaient, ondulant sous leur faix de grâce et d'amour. Il se sentait à l'abri dans la main profonde de la ville. Sa nouvelle ennemie même, la féroce imagination, cessait de darder le juste aiguillon dans la plaie à vif de son cœur.

On lui indiqua la maison de Contolavos. Ses figuiers débordaient dans la rue des remparts. Il frappa à la porte. Une opulente matrone parut. Le haut de ses mamelles débordait de la tunique. Sa tête emmanchée dans le pieu de la fierté se dressait, moustachue et dédaigneuse. Ses mains étaient mafflues et délavées comme des battoirs à linge. Silencieuse, elle emmena Ulysse jusqu'au fond du couloir où le maître l'accueillit.

Contolavos, replet aux bras courts, retenait péniblement dans sa peau tendue une joie tressautante et perpétuelle. La malice fusait en rides au coin de ses yeux. Au nom de Daphnis, il ébranla de clameurs et de gestes l'air paisible du vestibule, ameutant les guêpes, mais la matrone tourna aussitôt les talons.

— Phaétousa, de quoi as-tu peur ?

— Je n'ai pas peur, je n'aime pas votre Daphnis. Il ne vient ici que pour lamper votre vin et jeter sur les murs cette odeur de bouc insupportable. Et elle fit claquer la porte du jardin.

— Ne vous effrayez pas, dit doucement Contolavos, au fond c'est une bonne femme.

Le lendemain, Contolavos montra ses jarres. Devant

le jardin, sous l'auvent préambulaire, elles étaient rangées par grosseur de ventre.

— Je croyais que vous vendiez l'huile des olives ? s'étonna Ulysse quand il eut reniflé l'odeur des jasmins.

— Ça en est ; mais j'ai appris un secret des dieux ! – il sifflota entre ses dents – Et je fais ces parfums qui sont de meilleure vente. Il n'est pas une fillette dans toute l'Arcadie qui ne s'en barbouille les seins avant d'aller au rendez-vous. Outre son odeur, elle est douée de propriétés magiques : elle affermit les chairs pendantes, durcit les mollets dont rien n'est si vilain que de voir ballotter les graisses...

Ulysse béait.

— La belle huile, dit-il enfin, la belle huile que cette huile, si elle fait tout ce travail !

Les rides grouillèrent sur le visage de Contolavos.

— A vous dire vrai, reprit-il, je ne sais pas si elle le fait, n'ayant jamais essayé moi-même, j'ai trop de goût pour faire entrer ici des donzelles aux seins mous ; quant à ceux de Phaétousa, Zeus seul... et encore, je ne crois pas que Zeus suffise ! Mais, on dit cette huile magicienne, on le dit si bien que je songe à m'acheter un petit char, les deux jarres de bât n'étant plus assez grosses pour la vente. La terre devant vous est mienne jusqu'aux saules, là-bas. Mes ânes sont les plus beaux d'Arcadie. Tout cela est sorti des jarres.

Phaétousa parut, renfrognée et songeuse :

— Au lieu de bavarder, n'irez-vous pas, dit-elle, voir ce bassin d'huile qui est en train de rancir ?

Ils prirent le repas du soir plus tôt que de coutume.

— Je veux vous mener entendre les chanteurs au carrefour de l'épi !

Il faisait encore soleil. Un vélum était tendu au-dessus de la table; il distribuait une ombre piquetée de points d'or sur une carpe au fenouil, des pommes d'amour farcies au persil, et une épaisse blanquette de chevreau. A cette dernière, Ulysse fit claquer la langue. Il chercha Phaétousa du regard et comprit la souriante indulgence de Contolavos : cette blanquette était un délice de printemps. Il semblait qu'on eût mis cuire dans une casserole de vin vert tout un morceau champêtre de la colline, avec ses fleurs, ses troupeaux, et son ciel joyeux.

— J'ai caché dans l'herbe, à côté de la porte, dit Contolavos, une toupine de semoustat; faites-moi penser de la prendre en sortant. Si l'on veut goûter à plein le délire des chansons, il faut boire. C'est de là que je tire les plus belles joies de ma vie. A sang-froid trop de choses m'appellent hors de l'enchantement : il est l'heure de donner l'avoine à l'âne, le parfum va se pourrir, et ceci, et cela, et le reste. Un vin nerveux me débarrasse de tout ce fatras.

Ils arrivèrent au carrefour de l'épi avec les dernières lueurs du jour. Il n'y avait encore que des enfants qui jouaient à la marelle. Enfin, les courses ayant fini, les promeneurs que la nuit montante chassait devant elle coulèrent sous les ormeaux.

D'un cabaret, un des chanteurs sortit; il jaugea la foule d'un œil expert et appela ses compagnons : un portant la guitare, puis, l'aède : solennel, malgré son nez violet comme un oignon, il essuyait gravement sa barbe embousée de vin noir et de vieille soupe. La foule s'agglutina autour d'eux.

— Vous voyez, dit Contolavos, ce gars couronné de verveine, qui se pousse pour être au premier rang? C'est le meilleur coureur de l'Arcadie; mais, je ne l'estimerais guère s'il faisait sa seule gloire du nerf de ses jarrets. Ce qui me plaît surtout en lui, c'est qu'il possède et cultive une voix grave, mélodieuse dans les chœurs. Vous l'entendrez tout à l'heure quand nous dirons le refrain tous ensemble.

Le batteur du tympanon donna un coup et le bruit s'apaisa comme une eau balancée qui s'équilibre dans un vase. Il n'y avait plus qu'une petite fille qui pleurait pour que son papa la haussât dans ses bras.

Le récitant se dressa.

— Gens d'Arcadie, si vifs à saisir la beauté subtile des chansons, ma tâche, ce soir, est pénible : il faut vous charmer, et qui l'oserait faire s'il n'est pas Apollon Citharède !

— Cependant, il ne sied pas d'être modeste hors de mesure. Vous connaissez mon joueur de guitare : c'est Darvus là, tout est dit. S'il marchait avec ses lauriers, il serait comme une vieille femme qui porte un fagot de branches sur la tête. Pour moi, j'attends votre bon plaisir.

Un tumulte s'éleva de l'auditoire, les uns voulant la farce de Vulcain cocu, mais le plus grand nombre hurlait un titre qu'Ulysse ne put comprendre.

Il se fit un froissement dans la ramure des ormeaux. Elle s'ouvrit, bouillonna, et les bergers pensèrent : c'est le notos ; on a bien fait de rentrer les agneaux. C'est le notos, pensa le moissonneur, il va coucher mon blé. Ainsi, l'un après l'autre, ils crurent que c'était le notos. C'était Apollon invisible qui venait de bondir au milieu d'eux.

Il frémissait comme un chevreau. Il s'étira jusqu'à la guitare ; de ses longs doigts de fumée saisissant les doigts du joueur, il les mena de corde en corde. Sa lourde tête fleurie de primevères montait dans la nuit comme une montagne.

Le guitariste frappait le prélude, l'aède gorgé d'air

frais attendait. C'était à Mégalopolis, sur le boulevard du Nord, près le portique du trident, mais nul ne vit sa vie ordinaire dans la proximité d'Apollon. Pour l'instant, avec les notes graves de la guitare et les souvenirs de chacun, il avait fait naître dans la nuit une lande fleurie de roses à cœur de sel, une côte où la mer brisait ; vers le large couraient des trirèmes et des bateaux sardiniers.

Ulysse la voyait cette mer ! Ces flots de fleurs ruisselant des rochers dans la mer ! Il songeait au visage bien connu d'une calanque de Cythère, et où l'eau dormait sous un manteau de roses mortes.

Contolavos la voyait, cette mer ! Ne s'était-il pas arrêté maintes fois sur le chemin de la montagne pour regarder par-delà les ossements de la terre cette bande de ciel palpitant ?

Les bergers la voyaient : « N'est-ce pas comme un vaste pré ? » et les potiers, dont, tout le jour, l'oreille s'emplit de bourdonnements quasi marins, la voyaient aussi. Ceux qui ne recelaient en eux aucune image de mer avaient cependant le halètement plus large, sentaient sur toute leur peau la succion des gouffres de l'horizon comme s'ils marchaient droit sur la plage où l'eau se cabre, car Apollon suscite aisément des mondes inconnus.

Soudain la voix du récitant s'éleva au milieu de la mélodie comme un grand lys d'entre les roseaux.

Contolavos toucha doucement le bras d'Ulysse :

— Buvez, dit-il, c'est le moment ! Et il lui passa la toupine.

Ulysse colla ses lèvres à l'argile, avala une longue lampée, et, aussitôt il eut la nette impression de revivre une fâcheuse parcelle de temps déjà vécu !

« Cet auditoire dans la nuit, l'auberge au fond des genévriers mouvants, le guitariste aveugle tendant sa gourde : Bois un coup, fils ! Le vin avait coulé dans sa gorge sur un grouillement vertigineux de mots !... »

Il eut un petit frisson : la présence de son mensonge l'effrayait. Il était dressé dans le temps passé comme un arbre sur la plaine rase ; il ne pouvait pas faire qu'il ne soit pas !

— ... et ses errances l'emmenèrent, disait le chanteur.

« dans un havre cerclé de bois
« retentissants du cri des bêtes,
« et, contre un piquet de platane
« il lia la dansante nef.

Un malaise étrange durcissait sa glotte ; il forçait vainement pour avaler sa salive. Il pensa : ce vin est âpre.

— ... O, Circé, je ne puis manger,
« je ne puis sur ton lit monter,
« je ne puis d'amour te baiser,
« que tu n'aies pardonné mes gens.
« Vont-ils toujours s'adolorer
« et gémir au fond de tes soues
« fermées par les loquets d'argent ?

« Lors elle, d'amour amollie,
« de son bâton les va toucher...

— Ce vin est âpre ! – Il passa sa main sur son front moite. – J'ai déjà entendu chanter cette complainte !

... O rejeton des dieux, Ulysse !...

Il sursauta, prêt à répondre à cet appel direct, la bouche déjà entr'ouverte... L'aède, les yeux levés vers la nuit, poursuivait. Ulysse, un long temps sans comprendre, écouta grandir en lui un ronflement monotone qui peu à peu submergeait les mots de la chanson. Toutes les forces de sa cervelle se tendaient vers ces paroles plus agiles qu'oiseaux, et qu'il n'atteignait pas, sauf celles du vol plus lourd.

... Avez-vous oublié le cyclope,
— et la plage des ossements ?

. . . .

Encore, celles-là, sitôt saisies fondaient comme bulles d'écume avant qu'il pût entendre le sens.

Contolavos toucha son épaule :

— Vous ballez de la tête comme un pivot ! Etes-vous malade ? Un coup de semoustat ?

— Oui, dit Ulysse.

Il but. Le globe d'un clair soleil illumina sa pensée :

« Ce que j'ai raconté à l'auberge ! »

Son mensonge se dressait devant lui. Ce n'était plus l'arbre isolé sur la plaine rase, loin en arrière, mais un bosquet de lauriers musiciens, un bois sacré, une immense forêt, épaisse, noire, vivante, enchevêtrée de lianes et du tortillement des longues herbes. Ulysse sentait monter autour de lui l'étreinte de ces grandes frondaisons hostiles. Il poussa un profond soupir. L'aède, flatté de cette émotion se rengorgea comme un pigeon.

Il reconnaissait sinon ses paroles, ses idées, l'essence même de son mensonge. Une onde de peur l'envahit. De l'autre côté des mots se gonflait une de ces forces mystérieuses qui l'avaient harcelé dans la colline : la menteuse imagination s'encornait de deux branches de coudrier, surgissait, bondissante, et, Ulysse éperdu détalait comme une flèche. Soudain, une certitude se leva devant lui, bruyante comme une compagnie de perdreaux !

« C'est la vengeance ! C'est la vengeance des dieux, tu es perdu ! Leurs langues ajoutent à ta langue, et l'on dira d'immenses gestes, et ceux qui connaissent la grosseur de tes bras !...

L'éclosion du chœur arrêta le désarroi d'Ulysse. Enflé de toutes les voix d'hommes, peint par le gosier des femmes, le chant de l'aède ouvrit le feuillage des ormeaux, et, dépassant le rempart sonore, roula dans la plaine comme une pelote de fleur.

Dans une petite goutte de silence l'aboi d'un chien sonna.

Ils retournaient au logis par les ruelles où coulait la nuit brûlante. Il faisait si calme qu'on entendait les rossignols de tous les bocages.

— Pour une fois que vous descendez de vos montagnes, dit Contolavos, vous avez joui d'un chant remarquable et nouveau.

Ulysse avait toutes les peines du monde à retenir son cœur : il le sentait battre jusqu'au fond de ses entrailles.

— Qui l'a fait ?

— C'est une histoire aussi merveilleuse que la chanson elle-même. Il y a trois jours, Criton le riche fêtait l'anniversaire de son retour d'Egypte. Il avait amené à sa villa vingt chars d'invités et fait venir de Sparte, car ils sont là plus flambants, un aède. Celui-là était précédé d'un fumet de renom, mais il arriva en si piteux équipage que Criton fut sur la balance de l'envoyer coucher.

Enfin, il le laissa entrer et c'était déjà l'orée de la nuit. On s'attendait aux choses ordinaires ; cependant, l'aède était aveugle, et sa seule attitude, immobile comme un fuseau sur les jonchées de roses, intriguait. Il dit :

— J'en ai une neuve !

On n'y croyait guère.

— « Ulysse ou le beau périple ! »

Et il la leur chanta.

Ah ! mon ami, cette nuit-là est une nuit d'entre les

plus belles ! Pour ma part, pour ce que j'en sais, je la mets au-dessus de toutes.

On avait bien bu dans la journée : chaque massif d'œillets, chaque pré de violettes cachait un homme couché sous le joug du vin ; mais quand un mot atteignait directement un de ceux-là qui ressemblaient à des cadavres, il était aussitôt délivré. Il se dressait, les jambes encore flageolantes, et il venait s'asseoir dans les abords de la chanson, tant elle avait de force dans sa mesure et son essence. A l'aube, on revint à Mégalopolis ; mais tous ceux qui avaient écouté « le beau périple » étaient comme des grelots grelottants au cou d'une chèvre collinière. Ils parlaient, ils parlaient plus vite que la pluie ; leur parole était un cresson qui aiguisait l'appétit de l'esprit, chacun était pris du désir de connaître. On alla prier Criton de prêter son aède au peuple.

« Ah ! malheur, dit-il, il est parti sitôt payé !

Alors tous les poétaillons de la ville se sont mis à l'œuvre : ils ont tous fait leur petit morceau à la mode. Vous en avez entendu un ce soir. L'aveugle doit déjà courir par-delà l'Arcadie.

Ulysse chancela.

— Vous êtes malade ? demanda le parfumeur interloqué.

— Non ! C'est le semoustat !

Au fond du vestibule, Phaétousa avait dressé le lit avec autant de soin que la veille. Il arrivait par la lucarne le même parfum d'arbre vert et de nuit. Il y avait dans la maison le même silence, mais Ulysse ne put dormir. Il s'appliquait à rester immobile ; alors, le nerf de sa jambe, peu à peu, se tendait, se tordait, l'obligeait à se retourner violemment pour poser son pied nu sur la fraîcheur du mur. La douleur s'évaporait : il goûtait un instant de paix.

« Cette fois, pensait-il... Non ! » Il avait l'impression d'être étendu sur un gril rouge. Il avançait vainement ses lèvres vers la noire source du sommeil, et, soudain, sans qu'il sût comment, elle l'inonda.

Depuis qu'il se sentait coupable envers les maîtres de la force, Ulysse avait découvert dans son âme un vaste pays inconnu, pareil à ces terres de l'au-delà d'Ithaque dont on dit merveille mais que personne n'a vues. De là, bondissait la tigresse peur, la déchireuse de cervelle, de là, écartant les lourds rideaux d'herbe, sortaient les monstrueux habitants du sommeil. Chaque nuit, leur piétinement ébranlait sa chair.

Le museau fouinard de Pan dépassait les feuillages. Il humait, puis, d'un élan, le chèvre-pied sautait l'orée. Ses longs bras étaient des fleuves enlaçants, son corps, de roche et de terre pétri, bosselé de montagnes, fumait et chantait dans le vent. Il parlait comme une forêt.

Une falaise couverte de poils et d'oiseaux issait des mers, et la vague s'écrasait contre elle avec amour, y connaissant la poitrine de Poséidon. Il plantait ses jambes dans les gouffres bleus, un nuage de goélands le suivait. A mesure qu'Ulysse descendait dans le sommeil, des divinités de plus en plus horribles surgissaient : la Terre traînait dans l'ombre son ventre gonflé de semence ; Adonis couvert de jardins, vêtu de pluies, déambulait ; les entrailles pendaient hors de son flanc crevé. Aphrodite ! Le cloaque ! L'éclatement de Pallas fleurissait les ténèbres comme un olivier d'or.

Eperdu, haletant, il fuyait, livrant au vent ses cris de détresse : son corps immobile soubressautait sur le lit.

Son gémissement, recourbé par les murs lui flagella les joues ; il s'éveilla : l'aube huchait à la lucarne.

« Promettez-moi, dit Contolavos quand ils se séparèrent, promettez-moi de revenir à la maison si vous passez encore une fois par l'Arcadie.

Phaétousa elle-même souhaita le bon voyage.

— Vous n'étiez pas trop mauvais garçon, ajouta-t-elle.

Ulysse les regarda s'éloigner tous les deux vers les figuiers ; quand il fut seul, il trouva son inquiétude debout à côté de lui.

Certes, il n'était pas un trop mauvais garçon, mais il avait menti, menti d'affilée, comme on respire, comme on boit quand on a soif, tant et tant qu'il ne connaissait plus le vrai du faux, qu'il n'y avait plus de vrai dans sa vie, son imagination cristallisant sur chaque brin de vérité une carapace scintillante de mensonges. Il ne songeait plus à réagir. Les figures de cet extraordinaire périple : « les forêts d'algues apparues dans le creux de la houle ; les bras chargés de pins que les ports tendent vers la mer ; les vastes cieux où l'orage coule comme la lie d'un vin terrible », il les sentait tous entrés en lui, entassés dans l'enclos de sa peau, la boursouflant de formes nouvelles.

Ulysse ! Ce ne serait plus désormais ce nez de goupille, ces minces lèvres, ces yeux que l'habitude du rêve mensonger creusait de regards insondables, mais un hétéroclite amalgame de géants, de déesses charnelles, d'océans battant la dentelle des îles perdues.

Et il avait peur de paraître devant Pénélope déformé par cette ingurgitation d'aventures trop grosses pour lui.

Il arriva juste à Psophis au crépuscule, pendant que l'écho du vallon et un chœur de jeunes filles jouaient à la balle avec un passage de la chanson :

« O Zeus hérissé des flèches d'Eros,
« Papegai,
« insensible Papegai,
« bourré de paille et d'herbes sèches,

« les déesses de la mer sont faites de chair et de sang,
« Si tu me voles Ulysse !...
« O mort, sœur d'Eros...

Il passa près d'elles : une regarda ce voyageur suant et mal rasé, puis, elle aussi courut dans le pré en chantant Ulysse.

Ce fut lentement qu'il aborda la route au sortir de la ville. Il sentait dans le vent l'approche de la mer. Il évitait les bourgs retentissants du bruit de son mensonge et, suivant les méandres des ruisseaux, s'enfonçait dans la plaine. Enfin, un matin, sur l'horizon abaissé, il vit palpiter une bande de ciel liquide : la haletante mer !

Il vint à elle comme sur une amie désirée, se vautra dans cette chair verte, des gerbes de perles jaillissaient le long de sa chair. Puis il eut un repos suave sous les pins.

En tendant l'oreille, il aurait pu entendre le flot tonner sous la creuse Ithaque.

Que vas-tu voir en ton isle pierreuse,
Où ne bondit la jument généreuse
Ny le poulain, que vas-tu voir sinon
Une putain riche d'un beau renom ?
Les paroles que dist Calypson ou ...

RONSARD.

Deuxième partie

I

— Maîtresse, maîtresse, il est l'heure ! Et Kalidassa battait la porte du poing et du pied.

L'aube. Un vent aiguisé par les bords de la nuit. Le grand palabre des chênaies et de la mer. Une sauterelle frappait sur le silence avec le fil vert de ses jambes.

— Il est l'heure, maîtresse !

Une voix glissa par les joints du vantail :

— Quel temps fait-il, Kalidassa?

— Un temps d'or ! Le ciel est lisse comme une meule à blé ! Le vent d'Achaïe pointe, j'en ai les cuisses glacées ! Un bon temps pour la lessive, maîtresse !

Le bruit des pieds nus sur le parquet de bois ; une main aveugle s'embrouilla dans la courroie de la serrure, puis le verrou enfin tomba, et Pénélope parut. Autour d'elle suintaient de minces filets de parfum.

— Kalidassa, dit-elle, sens cette odeur d'algue et de sel, ce n'est pas le vent d'Achaïe qui vient, c'est le marin. Tu veux faire la lessive aujourd'hui, et demain nous ne pourrons pas sécher car il pleuvra.

— Maîtresse, vois les pins de la roche noire, et les palmes ! On compterait les palmes dans le nord tant il est clair ! Mais le mauvais vent t'agrée mieux pour ce matin. Tu veux dormir ?

Pénélope sourit. Le fard rosissait encore ses lèvres. Tout son corps se souvenait du lit, le recréait dans son désir, et, sous le poids d'heures nocturnes dépensées sans compter, il s'affaissait vers ce lit de fumée malgré le petit matin barbelé de vent aigu.

— C'est vrai, fille, j'aimerais mieux dormir.

La faute en est à tous ces chanteurs de complaintes qui se donnent le mot pour venir ici, depuis qu'ils savent. Celui d'hier soir ne pouvait plus finir. J'ai encore sa voix dans l'oreille. Il m'en a tué le sommeil.

— Oh ! dit Kalidassa joignant les mains, la belle chanson que c'était. Oh ! maîtresse, ce passage de Nausicaa !

« Laissez le linge à l'eau,
« jette la balle, Aglaure.
« Et Joesse qui danse à la pointe des sauges
« la cueillera dans l'eau du ciel.

Sa lyre imitait l'eau coulante et le bruit des battoirs. Comme ce doit être bon de laver dans ce creux de roche, de goûter près des cascades et de jouer à la balle.

Pénélope assise sur le seuil s'éveillait doucement.

— Cette laveuse est bien effrontée qui regarde les hommes nus, là, droite, sans crier, puis qui traîne les étrangers chez elle.

— La pitié...

— La pitié, la pitié, elle est trop rouée, cette piteuse, elle est trop rouée. Qu'ils me gardent de médire, mais, ce sont des filles qui font le nœud de leur ceinture bien lâche. Tu le sais, l'aède a dit comme elle fut habile pour conseiller Ulysse.

« Suis-moi de loin, sans faire semblant,
« Puis va d'abord trouver ma mère,

« Car c'est d'elle que tout dépend.

— Ce ne sont pas ruses de novices ; aurais-tu fait ce qu'elle a fait, toi, Kalidassa ?

La petite servante rougit. Sa joue était une pomme mûre dans les branches vertes du matin. Elle se baissa, baisa le bras de Pénélope :

— Je ne suis qu'une herbe flottante, ô maîtresse ! Peut-être l'aurais-je fait, s'il est tel qu'on le dit, celui que tu connais mieux que moi. Qui saurait résister à beaux yeux et à langue douce ?

Un nuage d'hirondelles piaillait sur la mer. Comme la mouette qui traversait lentement le ciel jaune, un souvenir aux ailes précises fendait l'âme de Pénélope. Elle soupira :

— Beaux yeux ? Je ne sais plus, il y a si longtemps ! mais sa langue était douce, j'en suis sûre. Il parlait, c'était une musique ; ce bruit qui flue sans arrêt des champs de blé mûr. Moi, toute nicette, comme une figue-fleur, je me blottissais sous la ramure de ses bras, contre la montagne de son épaule, et j'écoutais sans comprendre.

A peine sorti de la mer, le soleil entamait la lutte avec les pinèdes. De larges blessures de lumière saignaient déjà entre les troncs. Une sagette d'or atteignit le pavé de la cour, rebondit, creva les treilles, délivrant un tourbillon d'avettes.

— Kalidassa, petite bête, dit aigrement Pénélope, tu parles, tu parles et il fait beau jour. Va-t'en crier Philinte, Arsinoé, toutes ces paresseuses qui ronflent au grenier et qui devraient être au lavoir depuis longtemps. Va, et qu'on ne mette pas comme la dernière fois mes tuniques teintes dans le baquet du linge blanc.

Comme Kalidassa s'élançait appelant déjà les noms des laveuses, Pénélope rentra dans sa chambre. Jamais depuis vingt ans le souvenir d'Ulysse n'avait été si proche d'elle. Elle vint au lit. Un vieux fût d'olivier rude et noueux crevait le plancher. Comme un paquet de muscles noirs, tordus par l'effort, il se haussait hors du sol avec une farouche énergie ; mais les premières branches basses pareilles aux dos mous des couleuvres portaient sur leur grâce ondulée la couche d'Ulysse.

Autour de ce lit il avait dansé la cruelle danse du travail, puis il s'était réjoui quand, alourdi de draps neufs, le lit fut prêt à porter le corps délicat de la fraîche épousée. Maintenant, d'Ulysse, il ne restait plus sur le bois froid que les traces des rabots et des gouges, mais elles suffisaient pour évoquer l'ouvrier et son nuage de jurons, l'époux et sa douce barbe, plus douce que le persil frisé, le mort et ses membres noirs. Dans la souche crispée qui portait les draps, Pénélope crut voir jaillir, de l'au-delà ténébreux, la main desséchée du disparu étreignant de ses doigts crocs l'empreinte de femme encore chaude dans le lit.

Elle passa la main sur ses yeux pour effacer l'image horrible.

— Maya, cruelle Maya, gémit-elle, ne t'ai-je pas donné deux pigeons déjà ?

Car, pour apaiser ses tourments intimes, elle offrait des colombes aux divinités de la lande et des prés sans se douter que lien qui piétinait son cœur, elle le portait en elle-même comme un enfant. Il était à l'image d'Ulysse, né de ses anciens baisers et il réclamait autre chose que des pépiements ou des bols de lait.

Ainsi, sous le fouet railleur d'Eros, elle allait d'Ulysse à Antinoüs comme le toton de la fillette qui court de la case des fèves où l'on gagne à la case des petits poulets où l'on perd.

— J'aurais dû chasser le chanteur ! C'est lui qui m'a

chargée de cette ancienne inquiétude. Mais si aigu est le nom d'Ulysse en Ithaque qu'il a cloué, dès envolé, toutes les paroles, tous les gestes.

Qui croire ? Les entrailles du lapin qui ont dit : « Il est mort, les poulpes l'ont sucé comme un grain de raisin », Ou bien l'aède ? Peut-on croire un aède ? Ne sait-on pas qu'ils ont sous la langue la vaine musique du vent ?

Pourtant, pourtant ! Dans la nuit blessée qui palpitait autour du feu épineux, il a jeté un Ulysse vivant, certes ; non pareil à celui que j'ai connu jadis, poussant les porcs de la baguette, ployant sous les sacs de glands, mais de combien plus beau !

Je le voyais ! Il avait les mains pleines d'archipels et d'îles ; la houle divine des mers inconnues coulait entre ses doigts ! Les yeux contenaient le visage bleu de cent ports. Ils jetaient d'onduleuses nefs sur la mer impalpable de l'air. Des javelots sifflaient autour de lui, des javelots, et ce bruit aussi que font les lèvres de femmes appuyées sur des lèvres d'hommes !

Elle soupira :

— A l'orée de son front s'ébattaient des déesses. Elles dormaient dans ses cheveux, et, au matin, descendaient à la source de sa bouche !

Le bruit solitaire de sa voix la berçait, mais elle cessa tout à coup de parler comme une qui passe le long d'un précipice de la colline et s'arrête de chanter pour mieux se cramponner au thym. Elle dit seulement deux fois : « Nausicaa, Nausicaa ! » comme pour situer le ravin dangereux de sa pensée. Le silence était sur elle comme un de ces baumes qui aspirent les épines. Il tira doucement hors d'elle les paroles jalouses : à mesure qu'elles s'épanchaient, Pénélope sentait s'apaiser le battement de son mal.

— O laveuse aux bras cuits ! Fille sans vergogne, qui offre sa chair comme un arbre ses fruits, qui appelle les mains cueilleuses ; fille cueillie, crois-tu avoir seule des seins, des hanches, des dents parfumées ?

— O facile, qui se couche au moindre souffle, qui caresse la barbe de son père avec des doigts huilés d'amour, n'avons-nous pas un peu de beauté nous aussi ?

Elle prit un miroir de cuivre.

Dans le petit monde doré du reflet s'inscrivit une Pénélope plus très jeune, mais belle de sa beauté. Le temps en assenant ses coups sur ce visage l'avait brisé puis dans la forge de l'amour il avait rajusté les beaux morceaux : ce nez au galbe d'étrave, ce menton comme un roc léché par les sources, ces yeux portant le ciel, et il avait ainsi fait naître la Pénélope du moment, moins belle ou plus belle que celle de jadis, selon qu'on était plus touché par la vénusté des lignes ou par la patine merveilleuse dont le feu d'Eros enduit la chair. Il fallait son œil inquiet pour distinguer au bas des joues un ou deux plis de graisse grise. Elle porta la main sur la boîte où dormaient les fards.

— O laveuse !

Elle se souvenait du jour où, pour la première fois, son esclave égyptienne l'avait de ses propres mains peinte et huilée d'onguents. Elle s'était prêtée à ce jeu avec la joie espiègle des fillettes qui se déguisent sous des peaux de bêtes pour la fête de l'ourse. Puis, elle était entrée dans la salle où banquetaient les amis de Télémaque : elle n'osait bouger un pli de son visage de peur de briser l'émail, et, arrêtée au milieu d'eux, sans bouger, comme un lys à midi, elle écoutait les exclamations fuser et fleurir.

— La Dorée ! O Ravisseuse !

La jeunesse de ces hommes était autour d'elle comme un buisson d'épines.

L'un d'eux, Antinoüs, appuyé contre une colonne, restait sans voix, bouche ouverte, comme traversé d'outre en outre par une longue flèche.

Au milieu des branchettes charbonnées, des pâtes, des fioles, elle prit une ampoule de collyre, car il importait de commencer par cela. Une goutte de liquide au bout de son petit doigt, elle toucha le bord de sa paupière. Un moment, les pleurs ruisselèrent, puis elle essuya ses yeux : ils étaient laiteux et verts, filetés d'or, mais plus luisants comme un ciel de Mars après l'ondée. Elle ombra ses longs cils et refit au pinceau l'arceau de ses sourcils, l'étirant pointu et délié.

— Nausicaa, Nausicaa ! dit-elle entre ses dents.

Une fine poudre d'ocre dans un bol de grès. Elle y trempa un tampon, étendit la couleur sur tout son visage, toucha de rose la pomme de ses joues, puis elle mordit ses lèvres pour juger du rouge qu'il faudrait. Appliquée, elle les dessina à deux fois, effaçant une ligne, relevant une courbe, enfin, elles furent parfaites, épaisses, tortes, pareilles à deux blessures par lesquelles le tréfonds de la chair s'avancerait.

— Ça va, dit le miroir. Il y a à Cyrène, tu sais qu'Antinoüs souvent le dit, une femme de marbre à laquelle tu ressembles.

— Ne parlons pas de la Cypris ! Suis-je plus belle ou moins belle que Nausicaa ?

— Elle n'a pas d'aussi beaux yeux !

— Les yeux ! Cela se peut. On m'a toujours fait compliment de mes yeux, Ulysse même, mais je dois brunir ma peau pour faire valoir le vert clair de ces yeux et, Elle ?

— La peau de son visage est brûlée par le sel marin !

— Mes lèvres ?

— Ses lèvres sont gercées par le vent des courses en char.

— Mais, si habile langue entre ses lèvres.

Elle quitta le miroir. Au fond d'elle-même, Pénélope écoutait une petite voix secrète :

« N'es-tu pas toi-même la mère des habiles ? Ne connais-tu pas l'essence des gestes et n'as-tu pas l'esprit de faire à propos juste celui qu'il faut ? Les pleurs, les rires, tu leur commandes...

Du dehors, une voix d'homme appela, pressée, inquiète. N'était-ce pas le porcher ?

Elle vint lever le rideau de la porte. Eumée, en effet !

— Je t'ai dit maintes fois, commença Pénélope, de ne jamais venir le jour consacré aux lessives. Quand tu vois fumer la buanderie, reste chez toi. J'ai beau verser des cruches de jus de lavande, tu pues à telle force que mon linge est empoisonné !

— Ah ! maîtresse, fit le porcher sans prendre garde aux reproches. Quelle nouvelle ! Comment dire ! Sommes-nous les jouets des dieux, je ne sais ! Ce que je sais seulement, c'est le poids de cette pesante nouvelle !

Pénélope se renfrogna :

— Méfie-toi, mon compère, on ne m'attrape pas deux fois ! Si toi tu ne sais pas, moi je sais. Tu vas me dire : « La truie a avorté » et tu auras vendu les dix porcelets à un fermier de Céphalonie. A ce petit jeu-là tu vas laisser la peau de ton dos, un jour ou l'autre.

Mais Eumée, s'approchant d'elle, souffla à voix basse :

— Ne parlez plus de ça, le maître est revenu !

Comme elle restait plantée sans avoir l'air de comprendre, il dit encore :

— Le maître est revenu !

Alors, elle sembla s'émouvoir dans un souffle venu de la terre. Elle prit Eumée par le bras :

— Entre !

Elle le tira dans la chambre, poussa le vantail, déplia la draperie contre la porte close.

— Il est venu voilà trois jours.

— Comment ?

— Dans une barque de pêcheur. J'en vois un qui saute dans l'eau et court à travers l'écume. Puis, du bord, il a fait signe de la main pour dire : « Allez-vous-en, j'y suis. »

— Es-tu sûr que c'était lui ?

— Je le voyais d'entre les pins, j'ai tout de suite pensé : « Tu connais cet homme : la façon de balancer les bras ! » Il a pris le chemin des porcheries tout droit, sans se tromper. Et, vous savez, à cet endroit, maîtresse, il faut le connaître. Il m'a hélé comme il en avait l'habitude. Il n'y a pas à se tromper, c'est lui !

— Comment est-il ?

— Dame !

— Dame quoi ?

— Il est vieux, je veux dire !

Songeuse, elle regarda Eumée. Il aurait pu être aisément trompé par les dieux. Cette vieillesse annoncée par le premier qui avait palpé Ulysse des yeux ne s'accordait pas avec la chanson pathétique : les déesses pourries d'amour, Nausicaa, Nausicaa !

« Il a mal vu », pensa Pénélope.

— Il a compté les porcs, dit Eumée ; il est allé au gros chêne où nous faisons les encoches des ventes ; il a compté les encoches puis il a compté sur ses doigts. Télémaque est arrivé.

— Télémaque ? D'où venait-il ? Qu'allait-il faire chez toi, savait-il que son père était là ?

— O maîtresse (et le berger semblait vouloir dire : « Pourquoi cette inquiétude pour le petit bourdon rageur de Télémaque, fit-il jamais quelque chose de prémédité ? ») il devait revenir de Pylos ; dans l'après-midi, il avait abordé à la crique des mûres et d'une drôle de façon. Ils avaient l'air d'être marins comme moi sur ce bateau. Il est monté à ma cabane pour chercher des viandes salées. Le maître s'est approché, il l'a emmené sous les chênes. Je sciais un jambon, mais je regardais du coin de l'œil. Ils ont parlé, parlé en remuant les bras, comme ci, comme ça ; je n'entendais pas, le vent était contre. Au bout d'un moment, Télémaque a pris son sac de viande et il est redescendu à la plage. La nef a démarré. S'ils ne se sont pas crevés contre les bords pointus de l'anse, c'est que le dieu des fous les gardait. Le maître, soucieux, s'est assis devant la cabane.

Une question allait dépasser les lèvres de Pénélope. Depuis un moment, elle avait peine à la tenir close entre ses dents :

— Sait-il ?

Elle entendait : la vente effrénée des porcs et des terres, et ces nuits où Antinoüs...

Elle écrasa ces mots dangereux dans le fond de sa gorge pendant qu'Eumée continuait :

— Il est comme une truie malade ! Sa maladie, c'est de compter puis de chercher à savoir. Il me demande dix fois la même chose : je ne réponds pas souvent. Ce matin il se préparait à partir, je l'ai guetté, il a pris le chemin de la ferme, j'ai filé par l'escourche pour prévenir, voilà !

Une petite mouche dorée, entrée avec Eumée dessina sur le silence une volute de bourdonnements.

— Tu as bien fait. Demande du vin frais à Kalidassa, puis remonte aux porcheries, il ne faut pas que le maître te voie ici. Je vais lui préparer l'accueil des dieux. Je ne veux pas qu'il puisse dire : « Sans le messager j'aurais été reçu comme un chien. Va ! »

Eumée, aux pieds nus, ne fit pas beaucoup de bruit en traversant la cour et cependant Pénélope entendit tous ses pas légers depuis le seuil de la chambre jusqu'au moment où il s'arrêta à la fontaine pour se laver les mains.

Immobile, l'esprit lié à ce bruit de pas, elle se sentait peu à peu devenir de pierre comme sous le regard de Gorgo ; pour arrêter la roideur froide qui montait au long d'elle, elle fit un immense effort, elle ferma la boîte aux fards.

Ce petit geste et le bruit sec du couvercle tombant ouvrirent la source de vie. Elle recommença à couler, chaude et fleurie dans les membres de Pénélope.

Il importait de prévenir Antinoüs, de se concerter, de dresser le décor d'une Pénélope ménagère et sage. Elle allait le faire aussitôt, avant même le premier frémissement de cette Pallas qui voletait, le protégeant, dans l'ombre d'Ulysse.

Sur la mauvaise balancelle qui sautait de maugré les courtes vagues, Télémaque trépignait de joie. L'aube avait effacé de l'horizon les hérissements de Céphalonie et d'Ithaque ; maintenant, la proue, à travers un flot neuf, était dardée vers la côte d'Egypte.

La nef saquait des reins comme une jument vicieuse ; Euryloque déjà tourmenté par son cœur bondissant, suivait d'un œil inquiet les oscillations du mât mal assujetti. Télémaque ne voyait que sa joie ; ni le gémissement de la coque, ni le craquement insolite des rambardes, ni les grognements de la maigre chiourme qui ramait à contretemps ne pouvaient l'arracher d'alentour cette joie faite de vent, de soleil, de chant d'eau, d'écume et des jets irisés de l'embrun.

— Tu vois, disait-il à Euryloque, le vieux singe ne nous a pas volés, c'est un beau bateau. Regarde l'équipage, des gars plus durs que le fer !

Il prévoyait pillages, razzia, profitables aventures sur cette terre où les vaches portent le soleil entre leurs cornes.

— Tu comprends, continuait Télémaque, je serais peut-être resté à la ferme si mon père avait montré plus de nerf quand je l'ai rencontré chez le gardien de porcs. A deux, avec des triques, nous pouvions casser la figure à Antinoüs, mais il était aplati, bourbeux à ne pas savoir quoi faire. Il gémissait : « Pas de bataille, pas de bataille. » S'il croit tout reprendre sans bataille !

Des signes propices embellissaient le ciel. Une tartane à voile ocre courait de courtes bordées vers la droite.

Cette amertume venait-elle des aubépines écrasées de soleil, ou de ces néfliers, ou bien de ces pensées qu'Ulysse, en marchant mâchait et remâchait comme une tige de lavande ?

Depuis les « trois peupliers » il était sur son bien. L'herbe haute étouffait le verger, une moisissure noire couvrait le feuillage des oliviers, une forêt de surgeons pompait à même la souche la bonne sève qui fait l'huile. Ce bien, si net jadis qu'il faisait cligner l'œil sous le luisant soleil, ce bien où sonnait le fer des coutres, l'envol crissant des bèches, s'ensauvageait sous son pelage d'herbes sèches, s'endormait dans le bourdon inutile des cigales.

— Vingt ans ! Bientôt je verrai la maison, les étables, le cœur de tous ces champs !

A partir du chemin qui croisait vers la colline, tout prenait une figure plus ordonnée : là, du froment dru avec de longues barbes aux épis encore mous : là, du trèfle crépu, des lentilles alignées, des pois chiches, des tournesols au cou tordu. Il respira, allégé de sa sourde inquiétude.

— Elle a mieux aimé cultiver les terres proches du logis !

Cette constatation de bonne économie féminine le tranquillisa.

— Depuis que je suis chez moi mon cœur est sensible comme un œil malade. Un souci, un soupir de vent qui ne courberait pas une avoine le déchirent d'étrange mal. Qu'ai-je à me préoccuper d'un bout de champ laissé en friches ? Ici, tout est beau ; on dirait même...

Il se tut pour mieux regarder.

... qu'on a planté des vignes dans l'éboulis de la « chèvre bleue ! »

Des raies de verdure parallèles escaladaient les pierrailles.

— Père Zeus ! Ce sont des vignes, s'exclama-t-il : oh ! la maîtresse-femme !

Le désir d'aller voir les pampres neufs le tira à travers les olivaies.

Un homme piochait autour des souches.

— Ça va, le travail ? demanda Ulysse.

— Ça va, dit l'homme.

— C'est dur, dans ces pierres, mais le vin doit être fameux.

L'autre se redressa : appuyé sur sa houe, il tendit ses reins douloureux.

— Elles vont porter cette année pour la première fois. Je languis de mettre la chantepleure. Si toute ma sueur est comptée, ce sera du vin de dieux !

Ulysse regarda autour de lui, cherchant à se reconnaître. Il était pourtant bien sur sa terre : voilà le vieux cyprès, voilà le buisson de palombes. Pourquoi cet homme ?...

— Cette vigne est à vous ? dit-il.

— Oui, puis aussitôt, tant le nez d'Ulysse s'allongeait : ça vous étonne ?

— Non, c'est-à-dire... oui... je suis surpris ; cette terre appartenait à un de mes amis. Il y a très longtemps que j'ai quitté Ithaque... à un de mes amis ; vous avez dû entendre parler de lui : Ulysse !

— Non ! Je suis de Thrace et je vis seul. On ne peut pas connaître tout le monde !

Il chercha de bonnes raisons pour excuser Pénélope. Il se répétait : « Cette terre n'est que pierrailles, trop difficile pour une femme. » Il faisait comme les enfants qui barrent le ruisselet avec des levées de boue tassée à la main et que l'eau peu à peu renverse ; sous les meilleures raisons, il écoutait suinter son inquiétude.

Soudain il fut comme dans un cercle d'amis, et il sentait comme des bras passés autour de ses épaules, des mains caresser sa barbe, des lèvres chercher ses joues ; par les bords abaissés du chemin, les visages de l'île s'approchaient de lui : le petit mur de pierres sèches, le puits retentissant, le boqueteau de pins, la niche votive où pour les doigts furtifs de Pan on avait déposé la bolée de mûre blanche.

— Je haussais les sacs d'olives vers toi ! disait le mur.

Et le puits :

— Mon eau sent toujours le fer ; on n'a pas changé le crochet rouillé qui tient le seau.

— Te souviens-tu, disait le boqueteau, de cette grande gaule crochue que je te donnais ?

Et les figuiers :

— Tu mangeais nos figues avec Pénélope ; elle mordait dans la morsure de tes dents.

Il entendait toutes ces voix familières, mais l'inquiétude coulait au milieu comme une source d'automne.

Devant lui, sous les branches unies de deux chênes, s'arrondit une médaille de ciel. Le chemin, plié sur la colline comme une lanière de fouet sur le dos d'un âne plongeait de là dans l'herbeuse cuvette abritée des vents où sa forme était assise. Il ralentit sa marche. Il appréhendait d'affronter la face ravagée de sa maison.

— Vingt ans ! Que de pluies obliques sur le crépi depuis ! A-t-on songé à couper ce lierre têtu qui poussait sa tête sous les tuiles ?

Il lui venait tout d'un coup le sentiment des mille dangers qui avaient assailli la ferme quand il n'était pas là pour l'aider et la défendre !

Les autans de la mer qui dégoncent les portes et écrasent les treilles.

Les graines qui gonflent entre les joints des dalles et font éclater les escaliers.

Les calons oubliés dans les greniers et qui pleurent leur purulence d'or sur le foin sec et le feu crève le ventre de la grange et dévore la bonne chair solide des murs.

Il raccourcissait le pas.

Sur la médaille de ciel monta la fusée noire d'un cyprès, puis deux, puis trois, puis toute une cyprière.

Comme il posa le pied sur le rebord du val, elle apparut, sa maison, avec ses treilles et ses terrasses, sa fontaine dans les mûriers, sa robe de prés, son collier de sauges ; panachée de fumée bleue, telle une esclave en habit de fête accroupie au bord du bois en l'attente du maître.

Il sentit passer au milieu de lui la grande faux de Zeus ! Il n'avait plus de corps, plus de jambes, sinon de fumées et qui ne pouvaient pas supporter le seul poids de sa tête bruissante. Il dut s'appuyer au tronc d'un chêne. Des lambeaux de pensée fusaient en éclair :

— ... point trop blessée... il y a toujours des roses... la vigne a grandi... les euphorbes ont mangé les chemins.

Il glissa peu à peu jusqu'à l'herbe douce. Il ne commandait plus à ses membres : toute la force de sa vie ruée dans sa tête et penchée dans les lucarnes de ses yeux regardait la maison.

— C'est toi, petit, dit-elle, tu viens bien tard !

Une douleur, vaste comme le ciel, faisait craquer sa poitrine, l'angoisse fermait sa gorge. Il ne pouvait contenir ce mal.

— Les serres de la mort, dit-il dans un effort.

Une larme pesait au coin de son œil. Elle roula, dure comme une pierre ; elle laissait un profond sillon sur ses joues ; elle vint au pli des lèvres se fondre, amère. Une autre larme coulait, une autre, toute une source qui charriait des roses et, peu à peu, sous la langue de cette eau, fondait le sel de la douleur.

— Est-ce bien toi ? demandait la maison. Ah ! j'ai guetté cette porte des roches longtemps, et j'écoutais la corne des vaisseaux. Tu viens bien tard !

La source des larmes s'épanchait, parfumée, douce comme le miel.

Par un double ruisseau son cœur s'allégeait.

Des voix imprécises venues de sa terre tremblaient dans l'air éblouissant.

Il n'avait plus le désir de voir. Comment regarder avec les yeux pleins d'eau ? Il n'avait de désir que pour l'eau abondante de ses yeux. Il posa sa tête sur ses genoux recourbés, la couvrit de ses mains et pleura.

De grosses larmes se gonflaient à la pointe de sa barbe, s'allongeaient, puis tombaient, lourdes, dans l'herbe sèche.

II

Ithaque-la-ville, pointue comme un nid d'abeilles et collée au rocher bourdonnait au-dessus de la mer ; Kalidassa, les joues en feu, s'en allait vers elle, par la venelle des noisetiers.

C'était le jour de marché marin ; une odeur d'algues séchées emplissait les chemins. Il y avait, de loin en loin dans la poussière, la tache violette d'un coquillage tombé des paniers : les touffes maigres du thym sentaient le poisson.

Là-haut, contre la porte de la ville, les branches méduséennes d'un figuier enlaçaient un globe d'ombre fraîche. Kalidassa, haletante, tendait son désir vers cette ombre ronde et juteuse comme une grosse pastèque bien mûre. Elle l'atteignit, essoufflée et suante ; elle reprit baleine adossée à la belle pierre.

— Où vas-tu, petite anguille, si tôt et si vite ?

Sur les feuilles sèches, un pêcheur était couché derrière sa couffe d'oursins.

— Le dieu de la mer ne sait pas où vont les anguilles ; comment le demandes-tu, toi qui pues comme un marsouin crevé ?

— Tu es belle mais tu parles mal. Je suis plus savant

que les dieux de la mer : les anguilles vont dans mes filets.

— A mon secours, Eros, me crois-tu faite pour toi ?

— Pourquoi pas, ta maîtresse couche bien avec un berger.

— Oh ! le porc ! Et Kalidassa, se bouchant les oreilles, s'élança dans le soleil.

Le chemin était creusé dans le roc comme la trace d'une vis. De larges escaliers exhaussaient peu à peu les pas mais à Kalidassa ruée sur eux de toutes ses forces et qui sautait en courant, ils offrirent de rêches os qui tôt brisèrent l'élan. Elle monta plus doucement, ses genoux tremblaient : elle s'arrêta à l'endroit où le rocher ouvert par les racines d'un micocoulier béait de haut sur le golfe. Elle but avidement le souffle des premières risées. Des émois parallèles troublaient le ciel et la mer : des écumes, et des nuées aussi blanches que des écumes.

— Ta maîtresse couche bien avec un berger !

— Où est le mal ? Elle obéit à la loi. Devait-elle toujours attendre, garder sa chair vivante pour le seul souvenir d'une carcasse roulée sur qui sait quelle plage ? Avait-elle eu son content d'amour ? Avait-elle déjà donné son content d'amour sur la terre ? Les ombres aiment comme des mélanges de vent, mais les chairs sont sous la loi d'Eros et l'on doit obéir à la loi d'Eros, donner les joies de sa chair et partager les joies de sa chair entre les vivants pour que la grande flamme flambe.

— Elle couche avec un berger !

— Ils disent tous ça. Elle a l'approbation des dieux. Ses sacrifices fument. Le bois en se craquelant fait sourire la bouche des lares dans son vestibule. Ils déposent chaque matin sur son seuil l'étoffe d'un jour faste. Le mort l'approuve. Est-il jamais revenu gémir sous les portes, à la nuit ? Ses mânes sont apaisées. Il a son tombeau, ses libations de temps à autre !

Kalidassa montait lentement les larges escaliers panachés de fenouil :

— Un berger ! Il est berger par son goût, parce qu'il aime l'odeur des grandes herbes et la longue solitude, parce qu'il sait écouter le mince chuchotis de l'invisible source. Un berger ! Un beau berger ! O Eros !

Elle appuya la main sur son sein gauche. Là, dans elle, un tumulte comme un grand oiseau chaud qui chercherait l'issue entre ses côtes !

— O Eros, pourquoi celui-là ?

Car depuis longtemps, elle demandait en grâce de ne plus aimer ce beau berger déjà pris.

Le village suait le bruit par toutes les portes des ruelles. De grosses gouttes de clameurs descendaient à la rencontre de Kalidassa.

D'entre les murs de la placette, le vacarme du marché aux poissons fusait comme un grondement de conque. Sous les lauriers-roses, autour des couffes et des terriers, clapotait une foule épaisse. Des matrones aux larges fesses évoluaient entre les éventaires, pareilles à des ourques dans le dédale d'un archipel. Sur les étals, des rougets, des daurades, des tranches de thon pareilles à des billots de bois rouge, des anguilles assommées et dont le long corps flexible tremblait sous le poids de la mort de la même ondulation heureuse qu'au sein de l'eau ; des congres, des pageots, les hideuses rascasses, tressautants ou raidis, en forme de croissant de lune, mêlant les lueurs mordorées des nageoires et les luisances aquatiques des écailles, s'entassaient comme une jonchée de fruits cueillis au jardin d'Aréthuse – ce cri qui, strident, venu de la mer, fendait par moment le ciel paisible comme une flèche de douleur, n'était-ce pas quelque fille des eaux qui le poussait, levée au-dessus de la vague, tendant ses bras désespérés vers les fruits volés ?

Kalidassa, se bouchant le nez et troussant sa tunique, enjamba une panerée de crabes, se glissa à travers la haie de thuya qui bordait la place et, par une rue torte où coulaient l'ombre et l'odeur des figuiers, elle descendit vers le petit mas d'Antinoüs.

Tard dans la matinée, Antinoüs s'en vint au pré pour tondre un rond de luzerne. Il se coulait faux en avant sous les branches emmêlées des saules quand il s'entendit héler par une voix de femme. Kalidassa émergeait des herbes.

— Je suis venue dès la rosée, dit-elle, le rejoignant, et je t'attends depuis. J'ai jeté des pierres dans ta lucarne. La maîtresse m'envoie te quérir.

Il s'était promis joie solitaire, piégeage de sauterelles et jeux d'enfant, et lirelis perdus sur sa flûte de canne tout le jour à l'ombrette !

— Elle me veut maintenant ? demanda-t-il avec un mauvais vouloir.

— Oui, maintenant, vite, vite, disait-elle, et vois mon bras, il est bleu où ses doigts m'ont saisie, elle ne savait pas qu'elle serrait si fort, elle ne pensait qu'à me dire : « vite, vite » et j'ai couru depuis la ferme jusqu'ici. Mais, toi bel homme, tu dormais et j'ai eu beau crier que tous les échos en sonnaient : tu as fait le sourd comme une bûche. Dépêche-toi !

— J'ai mes cabres !

— Oh ! tes cabres, laisse-les pour un jour ! Va te faire beau, je t'attends sous le cyprès de Diane.

Antinoüs, en maugréant, pendit sa faux aux saules et Kalidassa sautelait déjà vers le cyprès, flamme noire jaillie des pierrailles éclatantes.

— Antinoüs, Antinoüs, chantonnait-elle, et l'amour coulait dans son sang comme une fleur coupée au fil du ruisseau.

La petite que les lavandières avaient postée dans le sentier pour guetter la maîtresse arriva en courant.

— Elle est là, dit-elle.

— Kalidassa n'est pas encore là ?

— Non, non, non, répondirent dix voix de notes mélangées comme si on avait soufflé dans une grosse flûte en levant les doigts au hasard.

Le ruisseau nouait son eau claire autour d'une éminence ombragée.

— Je monte jusqu'à ces chênes, dit Pénélope. Envoyez-moi Kalidassa quand elle viendra.

Mais elle était à peine à mi-côte qu'elle aperçut de l'autre côté du pré la servante se hâtant dans le pas allongé d'Antinoüs. Elle leur fit signe de la main, puis s'assit à l'ombre, à la lisière du couvert.

Quand ils furent seuls, elle attira Antinoüs contre elle et lui dit les effrayantes paroles d'Eumée.

— J'en suis sûre, c'est lui. Ah ! j'avais le pressentiment depuis les premières paroles de la chanson. Et, déjà, bien avant, il me semblait qu'une vie habitait l'ombre autour de moi. Ce matin, j'ai cru le voir dedans ma chambre qui étreignait mon lit !

Un vol de guêpes grondait sur les romarins fleuris.

— Quand, à la fin de l'été, on est venu me dire : « On chante une chanson d'Ulysse en Achaïe », on a jeté du même coup dans mes pas cent fantômes et des images de lointains pays et, peu à peu, ces chairs de fumées et ces contrées se sont mêlées à une grande ombre : elle est un homme, elle est la terre et la mer ! Elle a les gestes d'Ulysse mais ses bras sont de longs prés fleuris. Elle a le regard d'Ulysse mais ses yeux sont des lacs sous les frondaisons de ses lourds sourcils ; sa poitrine est un océan que le vent tumultueux soulève !

La nuit, quand tu me quittes, cette ombre vit devant mes yeux sa grande vie irréelle, j'ai fait élever la stèle sous les mûriers. Je pensais : « c'est son âme » liée à des os nus sur quelque plage déserte ; elle vient me demander une tombe. Et j'ai continué à être la compagne de l'ombre. Maintenant, une parole, un air de flûte déchirent le rideau du monde. Je vois se dresser à côté de moi le fantôme d'Ulysse, puis, transparent, il danse sa danse des luttes fameuses sur les paisibles paysages d'alentour. Et l'inquiétude nichait dans mon cœur et je sentais se préciser la menace. Ah ! c'était bien le vent qui court devant la nue hérissée d'orage. Cette fois, Ulysse est là, là aux porcheries, derrière les collines, il va venir, que faire ?

Antinoüs regardait au-delà des bois les fumerolles du camp du porcher. Une route trouait la chênaie, on en suivait la trace au boursouflement des verdures ; elle était comme une veine par où va couler le sang terrible de la vengeance. Il parla lentement, peinant à soulever des mots très rugueux et qu'il essayait de polir au dernier moment avec ses molles lèvres :

— Le meilleur, à mon avis, serait de ne plus nous voir... pour quelque temps... Ma maison est trop au clair des terres, ceux qui y viennent, on peut les épier de fort loin... Le meilleur est de ne plus nous voir. Quand il sera de nouveau dans ses habitudes...

La chanson était en lui aussi : de fulgurantes épées et des muscles noueux comme des freins de char ; et ce cyclope montagneux, renversé, se tordant contre l'ourlet de la mer !

— Ne plus nous voir, dit Pénélope, – son regard guettait la lisière haletante de la forêt – j'y ai pensé mais, s'il sait déjà ! Il tordra mes poignets et je crierai. Il marchera sur toi, tu diras des mots différents des miens. Il trouvera le mensonge et, la mort... Non, au contraire, viens à la maison. Tu es l'ami de mon fils.

Antinoüs grommelait des paroles trop dures, celles-là pour les jeter à Pénélope ; il les broyait en lui-même avec un bruit de porc à l'auge. Il regardait en bas les blanches lavandières, vivante écume au bord du ruisseau : une d'elles, pensait-il, je pourrais prendre l'une d'elles pour amoureuse ! La bien roulée aux yeux verts. Et Kalidassa qui veut être cueillie et soupire ! Elle est plus belle que Pénélope. Je pourrais l'aimer sans risque de me faire rompre les os.

Un petit silence gris et tremblotant : le vent, les peupliers, le rire des lavandières, les longs soupirs d'Antinoüs.

— Je t'ai déjà dit, Pénélope, le mieux serait de ne plus nous voir.

(Oh ! les joies solitaires, les lirelis perdus sur la flûte de canne et le délice des ombrettes ! Et si la lavandière passait, la bien roulée aux yeux verts !...)

— Tu as peur, dit-elle, brusque et dédaigneuse : tu as peur de lui.

Il se leva d'un bond :

— Peur ? Moi ? Que dis-tu ? Peur ?

Il fronçait les sourcils.

— Ne suis-je pas le plus fort de tous les jeunes ? Y en a-t-il un seul qui entre dans la piste contre moi à l'arène des luttes ? Souviens-toi : pour la fête de Perséphone, Protagoras crachait ses dents ! Peur, moi ? Avec ces bras, avec ces cuisses ?

Il giflait ses muscles à grands coups.

(Que risquait-il, à cette heure ? Nul n'apparaissait sur la route du bois et, il est doux de se montrer vaillant devant les femmes quand le danger est loin.)

Elle sourit :

— Petit, c'était pour rire : assieds-toi, je sais que tu n'as pas peur.

Il le savait déjà moins, lui, ayant songé subitement aux terribles pugilats d'Ulysse.

— Comprends, Antinoüs, il faut dresser devant ses yeux une image, une image avec les choses qu'il sait déjà. Je ne peux pas plus me séparer de toi que de Kalidassa ou des autres, cela accrocherait les soupçons. Avec sa langue aiguë il irait chercher la vérité jusqu'au fond de moi. Il sait sans doute, Antinoüs, ce que les dieux ont dit de nous à son oreille, mais la parole des dieux est toujours embrouillée et puis, on aime mieux croire son propre regard. Tu es l'ami de mon fils, tu viens à la ferme parler en voisin, prêter tes bras compatissants à la pauvre veuve qui ne peut dépendre la herse ou décider l'âne. Tu joues à la balle avec Kalidassa : c'est peut-être pour elle que tu viens. Moi, je mesure l'huile aux calens, je gronde pour les chaudrons non récurés, je fais la pauvrille économe et je reprends le tissage de cette grande toile qui encombre le grenier.

Ainsi, les prédictions divines et ce que nous aurons peint nous-mêmes comme étant la réalité se brouilleront au point qu'il ne saura plus suivre le fil de la vérité.

Elle passa son bras autour d'Antinoüs. Il se laissa faire, ferma les yeux. Le parfum de cette chair embrasée le grisa, elle sentait la jeunesse comme une branche d'amandier fleurie.

— Tu as raison ! dit-il.

Elle appuya ses larges lèvres sur la bouche

entr'ouverte du jeune homme, mais elle ne laissa pas le baiser s'allonger.

— Laisse, dit-elle, pas maintenant, j'ai tant de choses à faire ! Ce soir, si tu veux sous le figuier, je trouverai bien un moment.

Elle n'en pensait pas un mot. Depuis ce matin, peu à peu, le désir de sa chair s'en était allé vers le sublime amant des déesses : Ulysse, dont les caresses neuves et puissantes avaient enchaîné Circé et Calypso.

Elle évita les laveuses et courut. Elle avait sauté le ruisseau d'un bond précis : une fraîche ardeur revenue coulait dans sa chair. Deux jets de vent bourdonnaient contre ses oreilles, elle se souvenait soudain du temps lointain où, fillette impubère, elle luttait nue à la course, avec ses camarades.

Une candide joie l'animait. L'avenir était devant elle aussi clair que le ciel.

Kalidassa éplorée l'accueillit au portail.

— Maîtresse, ce n'est pas de ma faute, il est venu un vieil homme qui demande la charité. Ils ont de bonnes narines. Il a senti l'odeur des graisses. Je n'ai pas pu le chasser. Il est là près de la fontaine.

Cette fois elle ne demanda pas « Comment est-il ? » Elle le voyait déjà malgré le mur : droit, scintillant comme un bouleau, doré, les deux antennes bleues de son regard.

— Va au potager, laisse-moi.

Elle avança : ses hanches ondulaient avec une majesté assurée. Elle songeait à ces tartanes qui oscillent dans les bras du vent. Comme elle dépassait le cap de la porte, elle arrangea une mèche de cheveux.

Il était devant la benne de l'abreuvoir. Il contemplait silencieusement les flots murmurants de l'eau claire.

Pénélope s'arrêta, interloquée. Ses sandales n'avaient pas fait de bruit dans la poussière. Le mendiant lui tournait le dos, immobile, ravi par le lent halètement de la fontaine vivante. Mais était-ce là Ulysse, les reins courbés, le poil gris, les mollets écorchés ? Une houppelande déchiquetée l'enveloppait, la brise en échevelait les lambeaux disparates.

Avant de le chasser, Pénélope songea aux magies de la chanson. Quelque ruse soufflée par les dieux !... Ulysse le véritable se cachait peut-être sous cette coque ?

— Hé, l'homme, que fais-tu là ?

La voix était douce et sans colère. L'autre se retourna d'un bloc. Il béait de surprise. Sa bouche faisait un trou noir dans sa barbe. Lui ! Vingt ans ! Pénélope entendait ce visage comme un vague appel venu de la mer et de la nuit, englué dans les ténèbres conjuguées de la mer et de la nuit, très vague, et qui s'apaisait à mesure qu'elle regardait mieux. Une grosse ride profonde et torse barrait son front : presque plus de cils, une touffe blanche pendant près de son oreille.

Il marmottait d'une voix sourde :

... les larges mains... et ces bons seuils sans chien... la grâce des dieux est sur ceux qui...

Cette mèche de cheveux, comme un flocon de clématites se tordait, annelée sur sa tempe droite ! Le nez avait une force familière : c'était un peu le mince nez d'Ulysse, mais il était dans un buisson de barbe.

Elle dut faire un large effort pour retenir sa pensée qui fuyait sur les ailes du rêve et du souvenir.

— Sois sans inquiétude. Nul ne quête en vain à la malheureuse porte d'Ulysse. Repose-toi. Ce n'est pas ici le logis de la joie, mais il y a toujours de la soupe et du pain pour vous autres comme il y en aurait si le maître était là. Excuse la servante, elle a l'ordre de ne rien donner elle-même avec ses mains trouées.

Pénélope sentit sur elle le poids d'un regard bleu. Par la fente des paupières mi-closes, il l'examinait des pieds à la tête. Elle pensa : « Je n'aurais pas dû mettre cette belle ceinture. » Elle posa ses mains sur l'agrafe pour en cacher la richesse. Il parlait :

— L'accueil a été bon, maîtresse ; les jeunes ont des gestes brusques, je suis habitué. L'accueil a été bon ; quelques paroles un peu dures, mais on m'a permis de rester et je savais que, toi venue, j'apaiserais ma faim.

Elle attendait des explications subites, une transformation immédiate en ce bel Ulysse de la chanson et il se tut, il se remit à contempler l'eau, sans rien ajouter. Le silence coulait entre eux, les séparant d'une avenue de plus en plus large. Pouvait-elle insister sans lui faire comprendre qu'elle savait ? Et si ce n'était pas lui ? Elle fit un pas, deux ; il regardait toujours l'eau. Elle tourna sur ses talons lentement pour lui laisser le temps de jaillir étincelant, hors de sa vieille peau et s'annoncer : « Je suis Ulysse ! » Elle se jetterait dans ses bras, le baiserait – elle avait parfumé sa bouche à l'hysope – il regardait l'eau.

— Ce n'est peut-être pas lui ? Cette idée lui rendit son aplomb.

Elle revint vers l'homme :

— De quel pays es-tu ?

— D'Arcadie – une longue route !

— Tu as eu des malheurs ?

— Plus que mon lot. J'avais des champs, mais une fille. Mes bras se sont engourdis, j'ai pris un gendre pour l'araire. C'est un vrai faune : des flûtes et des enfants, voilà tout ce qu'il sait faire, des flûtes de toutes les formes, des enfants de toutes les grandeurs et pas de pain à la maison. Je bayais de faim : je lui ai dit de travailler, il m'a jeté sur le chemin. Ma fille riait. Puis, il s'est mis à jouer de la flûte, elle s'est assise sur ses genoux : les petits dansaient tout autour. Et pas de grains, je suis parti. Un vrai faune !

O langue astucieuse ! Comment démêler la ruse ? Sans cette obstination à dérober la claire lueur de ses yeux, elle aurait cru, malgré Eumée, au mendiant ordinaire.

Elle poussa un long soupir.

— Chacun son poids de douleur, mais, ma vie à moi est plus amère que la rue. Regarde ce tombeau, là-bas, sous le mûrier : c'est celui d'Ulysse, il est vide. Les veuves de la mer sont plus cruellement meurtries que les autres. Que ne donnerais-je pas pour avoir ses cendres apaisées ? Je connais des femmes dont la souffrance est consolée par les soupirs qui fluent des saules funéraires ; l'ombre de leur homme monte de la terre poreuse et les caresses malgré la mort. Rien n'adoucit le mal qui me déchire. Je dresse des autels à tous les coins des champs. Je nourris les dieux avec mes pigeons, mes fromages, je les fais boire dans la conque de mes mains. Je leur porte des petits moulins de feuilles, des cages à grillons, pour les amuser comme des enfants. Ils ne se soucient pas de moi ; ils ont broyé les os d'Ulysse, ils ont attaché éternellement son âme gémissante sur quelque lointaine plage !

Le bleu regard de l'homme monta doucement au long d'elle. Il arriva jusqu'à ses yeux : elle se sentit pénétrée d'une lumière aigre-douce. Il y avait dans ce regard de la tendresse et de l'inquiétude. Elle songea aussitôt aux récits de l'aède ; il la devinait peut-être influencée par cette chanson magique. Elle voulut donner le change.

— Quand je demandais aux voyageurs, à ceux qui

revenaient de la mer, ils me disaient : « Nous ne savons pas. Prie les dieux ! Ah ! prie les dieux ! » Je les ai priés jusqu'à ne plus avoir de salive sous la langue. En retour, ils se sont moqués de moi. Il est venu une voix anonyme, une grande voix issue de mille gosiers et elle parlait de lui. Tu sais, puisque tu as souffert aussi, comme on s'attache à l'espérance ? Je me suis fait dire ce chant. Comment croire ?

Elle soupira un soupir mesuré, au bout duquel elle attendait le jaillissement du luisant Ulysse « crois ! ».

L'homme avait de nouveau baissé son regard vers l'eau du bassin : il respirait plus fortement. La petite tache rose de ses lèvres apparaissait, puis disparaissait au fond de sa barbe. Il les mordait.

— Nous avons tous notre charge, dit-il aussi, et il avait l'air de se parler en lui-même.

Elle attendait.

Il regardait l'eau sans rien dire.

Le silence enfonçait son coin entre eux.

« C'est lui, c'est lui, c'est bien lui », pensait-elle d'instant en instant plus assurée, et elle eut peur de ne plus pouvoir commander à ses gestes, de se laisser aller à une avance qui détruirait tout son édifice de mensonges.

— Allons, le souvenir même des malheurs est mauvais, dit-elle, puisqu'il me fait oublier le droit des suppliants. Tu auras ton pain cette vesprée, la table sera mise sous les oliviers : approche-toi sans crainte. Je voudrais pouvoir lever ta douleur.

Elle avait encore une arme : elle marcha vers les treilles avec cette grâce marine qui était si parfaite ; elle ne pensait plus à rien, sinon à rythmer le balancement de ses hanches.

Elle savait qu'Ulysse regardait.

Il regardait.

L'huile éclatante du soleil emplissait la cour : dans le soleil, Pénélope – Abeille – marchait vers les treilles où l'ombre soudain l'effaça.

Et, derrière le lascis des branches de rosiers, elle se cacha pour épier les gestes du mendiant. Il apparaissait entre deux feuilles, grain noir sur la blancheur de la cour, comme le cœur desséché d'une fleur dont les pétales viennent de s'envoler dans le vent. Sur sa silhouette, se balançait la queue d'une lagremuse. Incertaine, Pénélope essayait de nouer en hâte les liens de nouveaux rets. Un faisceau de pensées jaillissait en elle. Elle ne savait choisir. Il y en avait d'agréables comme des sources, elle y éteignait son inquiétude.

— Ça ! Ulysse ?

Mais, aussitôt, passait dans l'air tremblant la forme aérienne de cette astucieuse Pallas dont on ne sait jamais si les ruses sont ruses, tant elle a de malice à souffler le mensonge dans la peau vide des réalités.

La dernière arme de Pénélope avait fait à Ulysse une étrange et terrible blessure. Cette marche vélivole avait démarré en lui les fantômes de tartanes et de balancelles dont il était plein ; elle avait fondu Pénélope et les carènes gémissantes en un seul être qui tenait de la nef et de la femme et d'autant plus désirable.

Il cessa de regarder l'eau du bassin. Il était venu près d'elle à son arrivée à la ferme pour se dérober à ces voix mélodieuses et plaintives qui l'accueillaient au seuil de sa maison. Le chant de la fontaine le séparait de cette musique ; la voix de cette eau était pareille à la voix de toutes les eaux et non pas comme les grincements de la poulie du puits une expression particulière à la ferme d'Ulysse. La fontaine n'avait pas fait accueil à l'ancien maître penché sur elle ; le joufflu du canon avait essayé de lever les paupières rongées de lichen, des mots de bienvenue roulaient sous ses joues de marbre mais, ses lèvres, immuablement arrondies sur le tuyau de fer ne purent que hoqueter à l'habituelle cadence. L'eau chantait l'hymne délirant de la captive délivrée.

Puis Pénélope était venue.

Maintenant, il avait besoin de voir clair en lui et autour de lui. Il s'éloigna de cette égoïste fontaine et se dirigea vers l'ombre des mûriers.

Vingt gros mûriers noueux emplissaient le fond de la cour entre le logement des gens et les granges. Derrière eux, des thuyas également taillés formaient comme une margelle d'où s'élançaient six souples jets de lourds feuillages : la cyprière qui avait accueilli Ulysse au seuil du vallon. C'était là le bosquet sonore où sa chambre était abritée. Il lui tourna le dos ; mordu d'étranges douleurs il se coucha dans l'herbe où les mûres pourrissaient, pareilles à des caillots de sang.

Ses regards touchaient doucement la face maternelle de la maison. Il en caressa les beautés une à une. Les granges et les grangettes bien chapeautées de bonne argile épaisse bombaient vers le vent de la mer un gros dos où saillaient des muscles de granit. Le logis, pomponné de treilles et d'orchis béait devant l'est ; la source de lumière, les pigeonniers habillés de lierre roucoulaient en échangeant des pigeons.

— Toujours la même !

Il lui revenait peu à peu cette finesse de sens qui percevait les plus légers émois de sa ferme ; ce qui lui faisait dire en entrant du labour : « Vous avez tombé les seaux dans le puits », parce qu'il ne voyait pas pendu au clou habituel le crochet qui servait à les retirer.

— On a cassé la poulie du grenier. L'écurie du mulet

n'est pas fermée. On a oublié de donner aux chevrettes, elles cognent contre la porte !

Juste à ce moment une servante parut, tenant une brassée de luzerne fraîche.

Il s'inquiéta.

— Elle ne va pas donner ça aux chèvres ! De l'herbe mouillée, c'est bon pour les faire crever.

Mais l'autre ouvrait prestement l'agachon et jetait la jonchée.

— Ah ! malheur !

Il les voyait déjà agoniser, ventre enflé, pattes raides, barbe baveuse. Son œil de campagnard, vif à saisir la paresse des valets, cherchait les traces du travail : cette cristallisation de la besogne que sont contre le flanc des fermes les outils luisants, les araires boueux et les herses pendues qui montrent les dents pleines de chiendent sec.

Un rouleau à écraser le grain était dressé dans un coin. De son moyeu jaillissaient deux ou trois chardons ironiques.

— Mon beau rouleau de marbre !

Des socs rouillés calaient les portes dont les loquets étaient partis. Le vent faisait battre un volet. L'eau de l'abreuvoir débordait et courait sous un tas d'oignons et d'ails.

Il en imaginait le ravage sournois : la pourriture amollissant la chair craquante des oignons.

— Les ails ne sont pas encore tressés !

Il n'en accusait pas Pénélope : beaux yeux de mer, et bonne, et digne en tenue et en paroles !

Les champs en friches, cette métairie morte où glissait seulement le pas léger des femmes, il était le seul responsable.

La pauvre tendre ! Avec ses mains pâles et lisses

comme des fleurs aurait-elle pu maîtriser les cornes tressautantes de la charrue ?

Elle avait dû essayer, se meurtrir, se lasser et elle était restée là, à pleurer, sans pouvoir faire vivre la ferme, cette énorme bête rétive, couchée au fond du val, mangeuse de sueur et de force. Il souffrait des souffrances de son bien. Il prévoyait le mal intérieur, dans l'arsenal des bêches, au moulin d'huile où les couffins devaient être moisis ; dans les caves, dans les granges, les resserres ; il s'élançait dans le futur, il s'imaginait, parcourant les couloirs, escorté de valets, indiquant la besogne, d'un index raidi. Tout s'ordonnait : après la maison, les champs. Il faisait planter des artichauts sous les talus, il essayait d'acclimater ces pêchers ébouriffés comme des poules en colère qui donnent aux îles du sud de si bonnes pêches fondantes.

Il s'arrêta court, pareil au voyageur qu'un bruit dans le bois paralyse.

Comme un jasement léger de feuillage, la voix de Pénélope bourdonnait au fond de lui : « Comment croire, comment croire ? »

O la véloce colère des dieux dardée implacablement sur lui, par-dessus le pelage des terres et les membres nus de la mer ! Maudite auberge de la montagne ! O longue langue !

Sans ce mensonge ridicule, il serait à cette heure dans les bras de sa femme au lieu de taper du bâton dans l'herbe, sous les mûriers.

Une flèche était plantée dans la partie la plus douillette de son cœur, elle vibrait, éveillant des ondes de douleurs, et c'était moins la crainte des dieux, maintenant qu'il était dans son vent familier, que de sentir la naïveté de son mensonge mal construit. Le courroux divin pouvait le foudroyer sur la montagne, quand il avait la bouche encore pleine de son histoire : il ne l'avait pas fait, il ne le ferait plus.

A l'auberge, il avait pu dresser dans la nuit un Ulysse à la taille des gestes et nul n'avait songé un instant à le comparer au voyageur à nez pointu qui parlait accroupi près du feu.

Ici, personne ne devait croire. Dans cette île de menteurs habiles, il serait désormais marqué « le menteur » parce que menteur mal habile. Tous ils abritaient leur sensible amour-propre sous des mensonges adroits, vraisemblables, en instillant le vin de leur cervelle dans la fade piquette des événements réels.

— Et cet immense troupeau que tu achetas en Crète ?

— Ah ! mon ami ! N'as-tu pas entendu souffler le vent d'Egypte ? Pas de nouvelles du bateau ! Nous sommes dans la main de Dieu, que veux-tu ?

Si, par aventure, un doute venait, on s'extasiait malgré tout car l'adresse avait d'abord pipé.

— Oh ! cet Antiphilos, quand même !

Il savait qu'il allait être traqué par les plus féroces chasseurs de mensonges, les menteurs eux-mêmes.

Il se félicitait amèrement d'être venu, caché sous les poils non taillés de sa barbe et les haillons du gueux. Comme le faune aux pieds de chèvre, blotti sous les genêts, admire en gémissant la bergère qui se saigne, dissimulé dans son déguisement, il suivait l'enivrant sillage de la nef Pénélope, il habitait l'air où glissait en se balançant sa chair dorée et désirable.

Le tribut à ses mânes était dressé sous les arbres. Il s'approcha. Une stèle portait des bols de lait aigre à la suffisance de l'âme errante, mais, seul, le vent chaud buvait. On avait gravé dans la pierre, sous un arceau à deux volutes, une fuste légère sur la courbure d'une vague. Des voiles repliées en arrière et pareilles à des ailes dans l'élan du vol lui donnaient l'apparence d'un oiseau. Ulysse figurait, debout, sur le bec de la proue, le corps tendu en avant, comme emporté par la course terrible du destin et de l'orage car, du gonflement d'un nuage de marbre, jaillissait, torte et blême, la force de l'éclair.

Il y avait aussi écrit : Ulysse...

Il lut la phrase cadencée à souhait où étaient louées sa force, sa sagesse, tant de choses qu'il était sûr de ne pas avoir. Il entendit, près de lui, dans l'herbe, un petit saut léger, puis il sentit qu'un oiseau se posait sur son épaule : il se retint pour ne pas crier :

— Margotton, ma pie !

Il avait rapporté cette agace, jadis, pour faire amuser Télémaque. Elle était devenue familière, boitillant et croassant autour des tables. Il n'y pensait plus et, maintenant, de longues années après, elle était la première à le saluer.

— Ma pie ! ma pie !

Il la caressait de douce main, ému par cette petite boule lépreuse et noire jusqu'à se sentir les yeux mouillés de larmes. Elle avait reconnu le maître, elle ouvrait un bec immense et essayait une vieille voix cassée et rauque.

Il s'assura furtivement de sa solitude.

Il caressa la pauvre pie. Elle, se souvenant d'autres caresses anciennes, quand sa plume était lustrée, gonflait son dos et battait des paupières.

— Gotton, ma pie !

Elle semblait venue du fond du temps, cette pie traînant à sa patte comme des flocons de laines multicolores, des bouffées de souvenirs. Quel rire ce jour où, gauche avec ses ailes rognées, au bout d'un saut, elle était tombée dans un plat de sauce à l'heure du dîner ! Il revivait ce temps ! C'était un plat de pommes d'amour aux œufs. Il y avait à la table ce riche marchand d'Achaïe que le Notos mangea nef et cargaison, deux jours après au large d'Ithaque. Ç'avait été son dernier rire.

Sous sa main, les pauvres plumes usées et, en lui, si nette, la souvenance du passé qu'il crut émerger d'un rêve.

Cette malheureuse affaire de femmes aimées trop longtemps hors de chez lui était seulement une vaine fumée en train de s'effacer. Il n'y avait pas de mensonges, pas d'errances, mais un Ulysse au sein de ses biens. Il allait se dresser, entrer chez lui, prendre Pénélope dans ses bras, puis s'avancer comme de coutume du côté des viandes, car il avait faim. Et, cette vesprée, il importerait d'affiler les serpettes et de tailler la luzernière.

Le cri d'une servante lui fit dresser la tête.

Un homme passait le portail. Jeune, droit, vastes épaules, ses bras, arqués comme deux anses d'amphore, balançaient la masse noire de ses poings. Dans la chair de ses larges cuisses brunes se tordaient, à la cadence de sa marche, les épais serpents de ses muscles. Il avait serré sa tunique avec une liane fraîchement cueillie, pomponnée de fleurettes et de touffes de feuilles.

Les cris de la servante l'atteignirent :

— Antinoüs, tu arrives à temps, la table des plats branle, il nous faudrait cette pierre, là-bas, pour la caler.

Elle montrait le rouleau à blé.

— Antinoüs, ce bloc de nerfs ! » Un frisson glacé fusa dans la chair d'Ulysse. Il entendait l'ânier dédaigneux : « Combien en faudrait-il de comme toi pour l'abattre ! »

L'autre, baissé sur le rouleau à blé l'avait empoigné

par l'essieu et bandait ses reins. Il mit un moment pour rassembler toute sa force, l'équilibrer de chaque côté de ses épaules, l'entasser dans ses biceps. La servante, mains aux hanches, regardait.

— Mon plus fort charretier suait pour le bouger, pensa Ulysse, il ne le lèvera pas.

Il le levait. Le rouleau était déjà hors de son empreinte, la lumière glissa sous lui et enfin, il fut suspendu au long d'Antinoüs debout.

La fille battait des mains, dansant autour du jeune homme comme un taon doré autour du bœuf chargé : elle le lardait de ses rires et de ses cris.

— Là-bas, Antinoüs, là-bas (elle montrait le verger d'oliviers au-delà du portail), là-bas. O la force même ! Il faut marcher maintenant.

Il fit un pas, chancela, un autre, plus assuré, puis il avança, lentement, mais on sentait qu'il était le maître de cette pesante pierre.

Ulysse, éperdu, écoutait grandir en lui un étrange tumulte.

— Antinoüs, ces lourds poings noirs !

La pie qu'il ne caressait plus lui becqueta amoureusement les doigts. Il retira sa main comme s'il avait touché du feu : Margotton allait le faire reconnaître !

— Sale bête !

Il étendit la main. Elle se laissa prendre, clignant les yeux sous les caresses espérées.

Il sentait palpiter cette petite boule tiède, pleine de bon souvenir et de fidèle affection, la seule qui se soit avancée sans faillir vers lui.

Il tremblait quand, précise, devant la caverne de sa tête, apparut l'image d'Antinoüs, une montagne de force !

Ses doigts se serrèrent sur le cou de la pie.

Elle eut un petit hoquet vite éteint : elle battit un peu des ailes, doucement, doucement, un pauvre vieux corps ! Elle pendait déjà inerte qu'il serrait encore éperdument.

Il la jeta morte dans l'herbe haute, à côté de la stèle qui disait sa générosité et sa vaillance.

III

Peu à peu, autour d'Ulysse, le monde visible se rétrécissait. Tout à l'heure, il apercevait encore de l'autre côté de la table le marchand bedonnant et glouton dont les bajoues ruisselaient de graisse ; maintenant, il n'y avait plus, dans le halo trouble atteint par son regard que la fiasque de vin, un coin de plat où des frelons butinaient la brouillade d'asparagus et le coude de Kalidassa. Le reste était fondu dans une brume opaque et grise. Cet au-delà, peuplé de voix parmi lesquelles sonnaient celles d'Antinoüs et de Pénélope ne le troublait pas ; une douce hilarité coulait dans ses membres heureux ; ses lèvres s'étaient modelées sur un sourire solide. Parfois, une main crevait la barrière laiteuse, prenait la fiasque, l'emportait ; il entendait couler le vin, puis on versait aussi dans son grand bol de terre cuite : il buvait, à la fin de sa lampée il retrouvait son monde un peu plus étroit.

Il s'était mis à vider son bol avec rage après qu'on eût tranché le lièvre.

Au haut bout, Antinoüs, étalé sur son côté de table, se servit d'une cuisse et d'un râble pesant. Le plat en fut largement écorné. Il arriva devant Ulysse portant la seule tête. Et il en fut du porcelet comme du lièvre, des pintades comme du porcelet. On lui laissa seulement user à son gré de la salade champanelle. Par contre, on lui versait du vin : on avait posé les fiasques dans son canton et, sous les premières lampées, il sentit fondre l'amertume de sa pensée. Il but : le vin épais vernissait son bol.

Il leva les yeux pour suivre un vol de pies dans les oliviers ; le verger avait disparu ! A sa place, la brume grise dansait. Puis, ce fut au tour de Pénélope : elle sombra lentement. Enfin, Antinoüs. Alors, délivré, il lui parut qu'il s'épanouissait comme une fleur. Une jouissance infinie l'inondait rien que de décroiser ses jambes et de les étendre sous la table. Et il épaississait, au-dessus de ces soucis, les flots du vin. Déjà, ne plus voir la sourcilleuse carrure et les poings pareils à des melons d'eau était une bénédiction des dieux. La voix jaillissait encore du monde disparu, mais le corps dangereux s'était évaporé, fondu comme un nuage d'orage dans le souffle d'une vallée et cette voix ne l'évoquait même plus. Loin, là-bas, dans cette brume, où s'étaient engloutis le verger d'oliviers, Pénélope et un large coin de la table, il y avait Antinoüs, Antinoüs ? Ah ! oui, bah ! Et dans le halo rétréci, son regard touchait avec plaisir le coude de Kalidassa, plié et pareil à un promontoire de marbre.

Mais il bâillait doucement de la tête et du corps, et, de dessous ses paupières mi-closes, Antinoüs l'épiait. Celui-ci était entré à la ferme en luttant contre son cœur indocile. Dès la porte, il avait écouté le silence du couloir. Ses yeux cherchaient à droite à gauche, des marques de la haute arrivée. Il avança sur la pointe des pieds vers l'écho de la terrible voix : le silence, au lieu de le rassurer, lui fit présager quelque horrible massacre. N'allait-il pas, au détour des escaliers, buter contre le tas fumant des femmes égorgées ? Il trouva Pénélope près le dressoir aux fruits. Soucieuse, elle regardait sans la voir une haute pyramide de figues toutes gluantes d'un sucre d'or.

Par le fenestron, elle lui montra le mendiant sous les mûriers.

— Je ne sais ce que préparent les dieux. C'est lui, mais il se cache derrière ses paroles Je soupçonne quelque magie. Ni les haillons, ni cette grise barbe emmêlée ne sont dans la chanson. Il médite quelque dure méditation !

Mal content, il se laissa traîner jusqu'à la table avec la complaisance d'un cochon que l'on va égorger. Il ruminait l'image de la mort : des phrases de fifres funèbres sifflaient en lui. Il voyait les épitaphes élogieuses moins belles qu'une vie pénible, la théorie des funérailles sous les rosiers où tous, parents et vocifératrices hument encore entre deux sanglots l'odeur des roses et dont seul le mort n'a pas joie.

Trois petits pas timides portèrent le dangereux mendiant à sa place. Il baissait les yeux comme une jouvencelle. En troussant sa houppelande, il découvrit un bras maigre et plat.

Au début, Antinoüs emprunté et cherchant de quel pli du ciel allait jaillir la torte force, surveilla du coin de l'œil le faux piteux. Il vit le maigre bras, les doigts tremblotants et surprit à la volée un pauvre regard terne et mol. Alors, il reprit de l'assiette, bomba le torse, et fit tomber devant lui une copieuse portion de lièvre. Il ne pensa qu'après aux soupçons de Pénélope ; troublant par frissons son assurance, ils revenaient comme des mouches obstinées. Il se versa à boire.

Le marchand, béat, fit deux rots, s'essuya la bouche

et cligna amoureusement vers Kalidassa. Dans sa cervelle qui connaissait les mélopées charmeuses de porcs, il malaxait une longue phrase propre à donner à cette fin de repas une courbe harmonieuse. Comme il s'emberlificotait, il retrouva le souvenir du chant d'Ulysse. Aussitôt, il cura sa gorge, pencha la tête, haussa les sourcils, et, de sa large bouche qu'il amenuisait :

— Que vous avez de grâce, fillette, dit-il à Kalidassa, quand vous portez les vins ! Je vous ai suivie de l'œil depuis la porte de la cave jusqu'ici : avec votre tunique évasée vous sembliez la campane qui se balance au cou de ma truie maîtresse. N'allez-vous jamais sur quelque plage de la mer, laver le linge et jouer à la balle ? Je ferais volontiers le naufragé, comme un autre fit, mais la branche de chêne en moins.

Et le rire ébranla ses bajoues.

Pénélope repoussa son écuelle.

— Maître Lagobolon, mes servantes sont sages !

— Dame Pénélope, n'ayez pas l'air de briser du bois mort entre vos dents. Elles sont toutes sages ! Eh ! Qui ne le sait ? Mais il suffit d'être bien adorné, en chair, s'entend – et, il faisait le mignon avec ses bras épais comme cuisses de jument. —Vous savez bien, Nausicaé ? Ne lui gardez pas rancune : c'est à votre honneur d'avoir homme si net qu'on l'aime nu. Nous autres ne sommes pas dans l'amitié des karites : nous avons la poitrine embroussaillée et les genoux écailleux...

— Maître Lagobolon, il n'est pas preux de moquer la veuve !

— Quelle veuve ?

— Eh ! moi !

— Dame Pénélope, ne riez pas avec la mort : merciez les dieux qu'il soit vivant après tant d'avatars entre leurs griffes, – devant les visages assombris il remua sa grosse tête – et, dites-moi où je peux le trouver avant le soir, je veux traiter l'achat des porcs et filer : on m'attend en Elide.

Pénélope regarda les yeux d'Antinoüs : le désarroi les faisait pareils au ciel de Mars. Elle haussa les mots à grand ahan.

— Enfin, maître Lagobolon, que voulez-vous dire depuis un moment ? Est-ce le vin, ou bien... je ne sais pas, mais vous avez des façons insolites. Quelqu'un autre que moi vous a-t-il vendu des porcs, dans cette ferme ? De qui voulez-vous parler ? D'Eumée ? »

Le marchand cligna deux ou trois fois ses paupières, avec le secret espoir que le monde devant lui allait changer, mais quand il assura son regard, il était toujours pareil : Pénélope anxieuse, Antinoüs penché à demi sur la table, prêt à bondir, Kalidassa toute interdite. Il ne comprenait plus !

— Eumée ? Vous savez bien que je ne traite pas d'affaires semblables. Vous me connaissez assez, depuis le temps, je n'ai jamais vécu de ce gain-là. Je suis pour l'honnêteté, moi ! Mais, le patron, Ulysse, où est-il ? Je suis venu exprès pour le voir. Je suis plus malin que ça, ma belle, et celle qui truffera Lagobolon n'est pas née encore. Croyez-le. J'aime mieux traiter avec les hommes : les femmes, c'est cherchi-chercha. Maintenant qu'il est ici, c'est à lui que j'en veux.

Stupide, Pénélope béa. Elle sentait se préciser la menace autour d'elle. Elle n'appela pas le secours d'Antinoüs : déjà, celui-ci, reculant un peu son escarbelle, se donnait du champ pour la fuite, mais elle amassa ses dernières forces dans son visage pour rosir un peu ses joues et dire :

— Maître Lagobolon, vous devez avoir appris quelque chose, dites, vous savez si j'attends...

Elle n'acheva pas, ayant rencontré au bout de son regard la dodelinante silhouette du mendiant aux yeux mi-clos.

« J'ai levé là un beau lièvre », se dit le marchand. Il se frotta les mains, réclama du vin, appuya ses larges bras sur la table et, après avoir léché ses lèvres, il poussa quelques exclamations.

— Dame Pénélope ! Je suis venu, je vous le répète, pour voir Ulysse, je croyais le trouver ici déjà. S'il n'y est pas, il ne tardera guère. Vous pouvez préparer le lit.

Il s'assura avec volupté de l'intérêt de tous, puis continua dans le silence :

— La première fois que j'ai entendu parler de lui, c'est sur la route de Gythion à Sicyone. Nous étions campés depuis deux jours au bord du laquet de Phénée, trois marchands de porcs : Epondocratès de Caphiès, Theodopoulos et moi. Vers le soir, je fais une affaire avec un nommé Boulon, dans une métairie de la colline, et, comme ayant payé j'allais descendre au « bivaque » je tombe sur une réunion de valets. Ils s'étaient assemblés dans le thym pour écouter un grand pendard qui raclait de la guitare et gueulait comme un lot de porcs. Je m'arrête, ayant ouï le nom d'Ulysse à la volée. Au bout d'un moment je me suis assis parmi les autres. Ce que racontait le bonhomme était très intéressant. C'était peu de temps après que nous ayons traité l'achat de six cochons un peu malades, vous vous souvenez ? Entre parenthèses, j'y ai perdu, il en est mort deux en mer, mais c'est une autre histoire. Donc, je me dis : « Cette pauvre femme sera contente de retrouver son mari, elle l'a cru si longtemps mort ! » Et j'écoute le chanteur. Eh ! bien, vous savez, moi, je ne suis pas très amateur de ces manipulations de langue, mais cette fois-là, vraiment, j'en ai bavé, la salive m'en ruisselait du coin de la bouche ! Je l'aspirais de temps à autre doucement, pour ne pas faire de bruit. A la fin, je suis allé trouver le musicien pour m'enquérir d'où il tenait tous ces récits : « Ulysse lui-même me les a contés » dit-il, « je l'ai rencontré comme il traversait l'Arcadie. Il allait à Ithaque ». Je lui demandais : « Est-il vraiment si grand et si beau que ça ? Je l'ai connu dans le temps et ne l'ai pas trouvé si extraordinaire ! » – C'est, me dit-il, encore que dans le commerce des déesses, il s'est polissé comme un chaudron qu'on frotte avec du gravier. Puis, il me laissa pour donner des conseils à trois valets qui en liaient un autre sous un bélier pour essayer le tour d'Ulysse chez le cyclope. Ça me paraissait, à moi aussi, très difficile et, cependant, je me suis rendu compte, cela peut se faire, d'autant que les ouailles du géant devaient être plus grosses que les nôtres. Je suis d'avis cependant qu'il a dû partager les armes entre les brebis et les arrimer par petits paquets. C'est comme pour Nausicaé...

Depuis un moment, Ulysse inventoriait de l'oreille les voix diverses qui habitaient la brume. Ç'avait été d'abord le ronflement brisé d'un moulin fluvial entravé d'herbe et que l'eau pousse par saccades, puis, la voix du marchand avait régulièrement ronronné et, peu à peu, il l'avait entendue. Il se pelotonnait dans sa paisible ivresse comme une larve dans son cocon. Aucun mal ne pouvait plus l'atteindre. La force du vin avait effacé l'anguleux Antinoüs, elle lui apportait même son mensonge édulcoré comme ces facéties crétoises de crottes de chèvre enrobées dans le miel.

Ainsi, ces souvenirs qui avaient fait de lui une outre d'amertume, il les suçotait joyeusement. Une saveur nouvelle parfumait sa pensée. Il voyait dans son mensonge des formes précises, des gestes harmonieux, la couleur de la lumière d'après-midi, les hautes vagues gémissantes et ces îles aiguës qui enfoncent dans la mer paisible le fer triangulaire de leurs reflets. Il entendait le fracas des eaux échevelées entre les vagues, le grondement des pins et le crissement des cigales pareil au bruit d'une épée qu'on aiguise : il sentait l'odeur des résines, des bruyères et le parfum de ce grand vent des plateaux qui dort la nuit, vautré dans les hautes herbes aromatiques.

— Certes, voilà paroles de valeur, se disait-il en lui-même, je devais être, ce soir-là, sous les grandes ailes de Pégase.

Et, il fut soudain si heureux qu'un large rire silencieux éclaira son visage.

Pénélope vit dans ce rire le signe fatal de la colère montante. Elle toucha furtivement le bras d'Antinoüs pour le prévenir, mais celui-ci était lâché sur une pente trop raide. Il s'était tourné vers Lagobolon, le prenant directement à partie :

— Comment, toi qui dis hanter tous les cirques et nous a même raconté qu'en ta jeunesse tu luttas à la course, au javelot, à tous les jeux, tu crois balourdises pareilles ? As-tu jamais essayé de jeter le disque ? Non qu'on aille le dire à d'autres mais pas à moi.

Pour les choses de l'athlétisme, Antinoüs était d'une susceptibilité chatouilleuse. Il n'acceptait jamais d'emblée les exploits de tel ou tel ! Il comparait, il citait des dates, des noms, des distances ou des poids en chiffres exacts et il n'admettait pas la jactance.

— Cependant, mon petit, c'est la pure vérité : il a pris le disque le plus pesant et sans même enlever son écharpe, tu entends, sans même enlever son écharpe, il l'a jeté plus loin que tous les autres. Je suis aussi malin que toi pour ces choses-là ; tu me dirais : « je l'ai fait », je ne te croirais pas, mais Ulysse...

Il allait ajouter : « je l'ai vu ». Il se retint en songeant à ce qu'il avait précédemment raconté, mais il se promit de modifier en ce sens la prochaine fois.

— Pas plus Ulysse qu'un autre. On dirait que tu n'as jamais vu lancer un disque ! On le fait le torse nu. S'il avait gardé son écharpe, en prenant l'élan, il risquait de se l'enrouler autour du bras et de casser ainsi la tête à deux ou trois Phéaciens : or, je ne connais personne pour lancer le disque sans élan. Je te répète qu'Ulysse lui-même ne peut pas l'avoir fait.

— Et moi, je vous dis qu'il l'a fait ! cria le mendiant en se dressant subitement.

Il ne savait pas exactement de quoi il s'agissait, mais une sourde rancune l'agitait depuis un moment contre ce rébarbatif qui ne voulait pas croire si beau mensonge. Son intention, cependant, était de parler à voix mesurée. Le son de ses paroles l'éveilla, déchira le cercle de brume, il se trouva debout devant le rocheux Antinoüs et l'ayant défié sans savoir comment.

L'autre, en un instant, sentit son assurance s'effondrer. Il regarda les bras du mendiant, ils paraissaient avoir grossi :

— Qu'est-ce qu'il veut, celui-là ? bredouilla-t-il.

Mais, Lagobolon renchérit : il se tourna vers le mendiant :

— Tu vois, dit-il, quel cas l'on fait de notre parole ! On ne pourra plus rien dire tout à l'heure. Ils croient tout connaître, et, on leur presserait le nez, il en sortirait du lait !

Kalidassa irritée cria : « Antinoüs ! Antinoüs ! » Et, de la main, elle lui faisait signe : « Dresse-toi, tape dedans ! »

Il répliqua, mais au marchand :

— Viens me le presser, toi !

Celui-ci n'entendait pas mener la querelle seul : il avait un champion, il prit le bras du mendiant.

— Ça ne nous coûterait guère, petit, et tu ne serais pas le premier !

— Allons, allons, grogna Ulysse.

Il se serait assis volontiers, n'était la crainte de ne pouvoir fuir au premier geste d'Antinoüs.

Kalidassa, les yeux luisants d'amour, apostrophait le jeune homme :

— Ne te laisse pas dire ! Combien pèsent-ils, tous les deux ? Assomme le gros, et porte l'autre dans le bassin. Attendez, chiens, laissez-le seulement se dresser !

Il se dressa mollement, ses regards erraient sur le feuillage des oliviers : il y voyait le halètement d'un monde magique : un cyclope, des centaures, des dieux à égides, des panaches, des casques, un large poing qui faisait éclater les têtes comme des noix fraîches !

Les choses se gâtaient ; Lagobolon se mit aussi sur pied ; mais il opéra une prudente retraite derrière le corps du mendiant.

Pénélope, pétrifiée de joie horrible, regardait !

Enfin, il avait jailli ! Pas tout à fait, à vrai dire, et il ressemblait encore beaucoup à un gueux, mais il allait se battre !

Dans la fulgurante danse de ses bras meurtriers, elle verrait enfin, resplendissante, la chair véritable d'Ulysse !

Elle sentait confusément en elle-même qu'elle serait la femelle du vainqueur, quel qu'il soit !

— Nous allons te le presser, clama Lagobolon véhémentement.

— Eh ! Eh ! Ne poussez pas, dit Ulysse.

Dans l'instant, le marchand le jetait d'une bourrade sur Antinoüs. Il perdit l'équilibre, leva désespérément le bras, son poing s'écrasa sur quelque chose de dur.

Kalidassa et Pénélope crièrent ensemble.

Dans un éclair il vit qu'il avait touché le menton d'Antinoüs ! C'en était fait. Il bomba les épaules, ferma les yeux ! Quand il les rouvrit, les deux femmes criaient toujours, mais, Antinoüs, jambes au vent, détalait au fond du verger.

— En avant ! En avant ! gueula Lagobolon, et Ulysse s'élança.

IV

Pendant le court instant de la dispute, Antinoüs vit, pour la première fois et de claire façon, la puissance et la vanité de l'amour dans les attitudes contraires de Kalidassa et de Pénélope. L'une, de gaîté de cœur, jetait sa frêle chair à côté de lui pour le terrible combat ; l'autre, immobile, semblait surtout préoccupée de soucis personnels. Comme il essayait de s'expliquer ce bouleversement par l'approche de quelque force divine, la chiquenaude d'Ulysse le frappa au menton avec le poids effroyable du mystère.

Il chancela, le cri des femmes l'empenna de deux dards au long desquels son sang et toute sa vie chaude coulèrent. Il bondit comme une pierre qui ricoche, puis il se mit à courir vers la colline.

Derrière lui le tumulte des escabeaux renversés s'enfonça dans le froissement des feuillages.

Il jaillit du verger. Dans le libre espace il eut la sensation d'être nu. Ici, il y avait en plus les dieux. Leur vol sournois sifflait doucement dans l'air calme.

Il se jeta vers une ravine couverte de clématites. Sur le bord il se retourna : Ulysse, pareil à un bourdon gorgé de miel, sortait du verger.

Après un temps de large galop, où la peur renouvelée l'emportait comme sur deux ailes, Antinoüs s'arrêta pour souffler.

Les pierrailles coulèrent dans le ravin sous un pas rapide. Une lourde course cassa des branches.

Il ne l'avait pas dépisté !

Il chercha autour de lui la route sombre où il pourrait cacher sa trace. Il ne fallait pas songer à cette collinette découverte, si l'autre avait son arc...

Il prit par les bas-fonds. Il voulait gagner le rivage : il connaissait une anse où des pêcheurs d'oursins amarraient leurs barques. La mer lui semblait un refuge certain. Il irait vers la route des balancelles qui font Céphalonie, se ferait prendre à bord, et « adieu Ulysse ». Ses pieds s'enfoncèrent dans la boue, il était venu droit sur le marais. Il avança encore un peu en hésitant : sous lui la peau molle de la terre tremblait. Il s'arrêta, inquiet, épiant à droite et à gauche. Retourner ? Il risquait de tomber devant les poings d'Ulysse, ou, qui sait, dans l'aire battue par son arc, si, embusqué à l'orée du ravin il guettait.

Il défit ses sandales et marcha pieds nus. Enfin, à travers les cannettes, il vit briller la face blême du marécage. Bientôt, l'eau herbeuse monta le long de ses jambes. Quand elle atteignit son ventre, il se coucha doucement sur elle et nagea à grandes brasses silencieuses. Il frôlait les hautes herbes, n'osant pas, malgré le crépuscule, s'aventurer en eau libre, de peur de la divine flèche. Une hirondelle qui chassait heurta son épaule. Il cria, se croyant blessé : il cessa de nager pour toucher et regarder si le sang... Il but une gorgée d'eau saumâtre.

Et, comme il émergeait, il entendit de nouveau autour de lui le sifflement du vol des dieux.

Il donna un fort coup de talon, jaillit de l'eau jusqu'à mi-corps comme un dauphin qui joue, mais retomba sur place : une poigne solide retenait sa jambe. Sous le moulin précipité de ses bras, l'eau jaillit en flammèches lourdes et blanches ; elle bouillonna : sur le calme marécage de grandes rides coururent et qui balancèrent, au fond des oseraies, le nid solitaire des canards.

Il vint donner de la tête contre un tronc flottant, retrouva l'aisance de ses jambes ; un sillage rapide le fit échouer sur la plage de boue. Il alla en chancelant vers la terre dure de la colline, il s'affaissa sur le thym. Une longue liane de chiendent des marais entourait sa cheville gauche.

Il haletait. L'effort désespéré avait noué ses nerfs : il les sentait se tordre dans ses cuisses et ses bras.

Quelle était cette force immense, épandue dans l'air, cachée sous l'eau, et contre laquelle il s'épuisait ?

Du bruit en bas !

Les cannettes éventrées par une course dont il pouvait suivre l'anguleuse trace !

Des arrêts, comme quelqu'un qui cherche !

Ulysse ? La quette d'un sanglier ?

Non, Ulysse !

Deux bras écartaient la lisière du canier.

D'un bond Antinoüs se rua sur la colline.

— Arrête, arrête ! cria Ulysse.

Antinoüs, ailé d'effroi, courait dans la badassière ; l'air parfumé se creusait devant lui. Le souffle régulier de sa gorge gonflait sa poitrine de bonne vie. Le jeu souple de ses jambes le jetait toujours plus loin, hors de ces mains invisibles qui, tout à l'heure, avaient lié ses forces. Une forge ronflait entre ses côtes, il avait l'impression de forger sa liberté avec le marteau sourd de son cœur. Une bourrasque d'espérance balaya sa tête ; sa pensée, nue et svelte s'étira dans un large ciel où des torrents de lumière charriaient la joie. Il osa regarder en arrière : Ulysse abordait à peine la montée. Il devançait les dieux !

Vainqueur ! Il allait être vainqueur, puisqu'il était le maître de la vitesse !

Entre le feuillage écumant des pins et l'arête de la colline, une bande de ciel apparut.

Le haut de la falaise !

Dix sauts encore, puis la descente, la plage, la barque, et, tout à l'heure, la tartane, et « Adieu Ulysse ! »

Il glissa sur une roche osseuse, s'écorchant les genoux et le menton.

— Par l'Hadès, dit-il entre les dents.

Depuis qu'il se sentait le plus fort, une colère iconoclaste durcissait ses muscles.

Une détente de jarrets le jeta dans un palier couvert de bruyères et de feuilles mortes. Il ne sentait pas la douleur, il voyait seulement le ciel sous le feuillage des pins. Déjà, il courait sur le souple tapis, préambule de la pinède.

« Le sentier, la barque, adieu Ulysse ! »

Il allait vivre !

Il remarqua que le vent qui s'ouvrait devant lui sentait le vin nouveau et que cette odeur était douce. On devait écraser des raisins aux portes d'Ithaque.

Le sol aisé le portait : il s'engouffra dans le portique des troncs écailleux au-delà duquel luisait la vie vêtue de vent odorant. Son corps que l'effort allongeait fusait des herbes comme un hymne spontané.

— « De tout mon corps, de tous mes muscles, contre la mort !

« J'ai vaincu !

« Je l'écrase sous mes pieds comme une vendange.

« Ma vitesse est un glaive aiguisé.

« Et, la mort, sous moi, comme une vendange écrasée, ruisselle le vin de la vie que je bois.

« Les dieux ? Peuh ! Des mouches sur les bras gluants du vigneron !

« Je suis plus fort que les dieux ! »

Il tourna la tête : Ulysse émergeait des genévriers. Il bondit un saut gigantesque.

— Plus fort que les dieux, dit-il encore, puis ses dents se serrèrent comme les pierres d'un mur.

Et il ne toucha plus le sol.

Comme il y retombait, le frôlant déjà du bout de son orteil tendu, il sentit sous lui la terre molle, aérienne, impalpable, inconsistante comme la chair bleue d'un abîme. Il essaya de s'appuyer quand même, perdit l'équilibre, vit trois pins s'incliner en craquant et le suivre dans sa chute : un nuage de poussière l'emportait, l'air fuyait sa bouche ouverte. De grandes ailes de fer sifflaient au bord de ses oreilles.

Cette fois, c'était bien le coup assené par les dieux !

— O mère, ma mère ! eut-il le temps de clamer à pleine gueule avant de rouler, inerte, dans le torrent des terres éboulées.

Ce fut si soudain, qu'Ulysse y crut voir aussi l'irruption des dieux. Il s'accoita sous les feuillages. Le grondement des pierrailles ruisselantes roula, puis, la mer se mit à tonner à mesure que les grosses roches entraient en elle, ensuite un suintement léger, puis le silence.

Ulysse retint son souffle, écouta : il n'entendit plus que la sourde marée de son sang contre ses tempes. Une mouette passa. Le silence ! Le vent amena une note de flûte, de l'Est, où l'on gardait les porcs sur les plateaux. Une note claire et paisible, comme d'un oiseau.

Ulysse se dressa.

Le bord de la falaise semblait avoir été déchiré par une mâchoire de géant. Une morsure en arc de cercle l'ébréchait.

Il resta un long temps sans penser : trop de pensées luttaient en lui, se chevauchaient, pareilles à des cavales effrénées après la pluie. Enfin, il comprit : la falaise s'est éboulée !

— C'est la sécheresse, dit-il à haute voix, et le son de ses paroles le rassura.

Il avança, précautionneusement, les yeux fixés sur le gouffre où Antinoüs avait plongé.

Il s'allongea sur le tapis des aiguilles de pin ; agrippé aux racines, il tendit le cou par-dessus le bord.

En bas, une grande roche nouvellement plantée éventrait le golfe. L'eau encore émue, clapotante et boueuse, battait contre elle : des flocons d'écume volaient comme des pigeons que le vent ébouriffe au-dessus des collines.

Des herbes, des genévriers entiers flottaient. Un courant, étendu sur la mer comme une grande aragne huileuse, les fouaillait, les *montait* à petits coups de pattes sur le dos de l'eau libre. La vague s'éclaircit, essaya de caresser la plage avec son geste habituel.

Soudain, Ulysse aperçut une mince chose pâle s'élever du fond glauque, balancée par le ressac.

Une force lente et bleue l'haussa jusqu'à la surface.

Le courant abandonna sa cargaison de genévriers qui voguait déjà vers le large et, doucement, vint palper l'épave. Elle tourna.

— Antinoüs ? se demanda Ulysse. Son regard le faisait souffrir comme une antenne blessée.

La danse de l'eau éparpilla une chevelure, des bras s'ouvrirent en croix.

— Antinoüs ! dit Ulysse. Il ne pouvait croire que ce fût là déjà ce qui, tout à l'heure, bondissait dans l'herbe comme une flamme. Il cria :

— Antinoüs, Antinoüs !

Il vint d'en bas le bruit léger et berceur des grands bras du courant qui frôlaient le sable. L'autre, muet, s'en allait, flottant entre deux eaux, vers l'étrange pays des néréides, là-bas, derrière la flamboyante face d'or du soleil.

Dans la main qui tenait les racines, une douleur suinta. Ulysse ferma les yeux. Il se mit à ramper à reculons ; quand ses talons touchèrent le bord épineux de la garrigue, il se dressa.

Le soir tombait. Le vent alenté apportait plus fraîches et plus joyeuses les notes perlées de la lointaine flûte.

Il y avait dans l'air un délicieux parfum d'acacia. Il faisait bon vivre. Ulysse avala goulûment deux larges gorgées de ce bon vent musicien, mais il dit encore une fois à voix basse :

— Antinoüs !

V

La nuit monta très vite. L'Est déchiré d'une blessure violette la laissa couler, et le ciel se troubla, comme un golfe où se déverse soudain un fleuve engraissé d'orages montagnards. Aussitôt le vent joua dans les pinèdes un prélude lugubre.

Ulysse trébucha dans les chemins enténébrés.

Le gloussement d'une fontaine vint à lui. Il eut besoin d'entendre la voix familière de cette eau pour reconnaître sa ferme. Elle était là, grise et muette, cachée dans les arbres comme une chose qui a peur. Tout à l'heure, elle vivait de la vie caquetante des poules et des pintades, de ses volets qui battaient, des borborygmes de ses écuries ; maintenant, sous les rosiers, une porte béait, comme la bouche dans la barbe d'un mort.

A tâtons, Ulysse passa le détroit du portail. La large cour vibrait sous la lanière cristalline de la fontaine. Au fond, une petite flamme fouillait les ténèbres. Il s'approcha d'elle. Elle émergeait d'un calen de fer pendu à la stèle votive :

ULYSSE, QUE TA COLÈRE Ô CHEF DES MERS...

Le los funèbre et les lamentations surgissaient de l'ombre au gré du vent nocturne.

MISÉRICORDE À CEUX QUE L'EAU BALANCE

— Mon nom est sur la pierre, songeait Ulysse, mais, c'est la chair molle d'Antinoüs que le flot emporte. Qui donc a lutté pour moi, dans cette lutte ?

Il mâchait une salive plus amère que jus d'olive crue.

L'herbe, derrière lui, eut un petit gémissement doux.

Il sursauta, prêt à bondir sous l'égide de la nuit.

Une main se posa sur son épaule. Elle paraissait lourde, glacée, mais elle était sûrement parfumée aux jasmins, et, du coin de l'œil, Ulysse aperçut deux ongles roses taillés et peints avec art.

— Ulysse !

Cette voix évoquait d'anciens matins heureux.

— Ulysse !

Il était dépouillé de sa vêture. Sa naïve cervelle la croyait si bien collée !

Pénélope, il la devinait frémissante derrière lui, Pénélope savait ! et, si sa voix paraissait se courber sous une invincible douceur, n'était-ce pas par ce vieil artifice des dieux qui endort et qui tue ? La terreur l'emporta comme une feuille glacée.

— Ulysse, pourquoi n'es-tu pas entré ce matin les mains ouvertes ? Je t'attendais ! Je n'ai pas cessé de t'attendre, depuis ce soir malheureux du départ. Mon cœur te désirait en quittant l'estacade, et tu virais à peine ta proue vers Ilion ! Les autres sont revenus... Je sais, ne dis rien, jette-t-elle en hâte, car l'épaule d'Ulysse avait tressailli sous ses doigts, ne dis rien, ce n'est pas ta faute, je le sais. Quand les autres sont revenus, j'étais toute fleurie d'espérance. J'avais paré la maison et ma chair : je me souviens comme d'hier. Nous montâmes, Eumée et moi, à la roche des pies. Là, sous l'olivier qui garde l'entrée du détroit, j'ai guetté tout le jour la mer. Je mâchais des tiges de thym pour parfumer ma bouche, car tu allais venir ! A la nuit, mes yeux tremblaient d'avoir trop longtemps reflété le halètement de l'eau luisante. Eumée me tendit le fromage et le pain. Le soir et ses vents chantèrent autour de nous. Il me donna son manteau : il savait que je ne descendrais pas. Je me souviens, un incendie de colline mangeait les bois de l'Elide. Ses flammes ruisselaient dans les vagues comme du sang, et je nourrissais ma douleur avec l'étendue déserte de la mer.

— O ! Ulysse ! depuis, je l'ai vécue cent fois et cent fois, cette nuit douloureuse ! Seule sur mon lit froid, j'ai sangloté comme une source.

Ulysse n'entendait plus qu'un murmure confus. N'avait-elle pas dit : « je sais » et « ce n'est pas ta faute ». Il s'était arrêté à ces mots. Ils étaient tombés sur sa stupeur comme des gouttes de résine enflammée. La lumière s'allumait autour de lui. Lagobolon avait parlé des aventures sans rire, avec même une ardeur qui montrait sa foi dans les récits ; Pénélope attendrie les évoquait aussi.

Ainsi donc, ce mensonge...

Il lui parut qu'il connaissait maintenant le nom de celui qui avait lutté à ses côtés.

— Pénélope, dit-il d'une voix assourdie, et aussi bien, puisqu'il était découvert, convenait-il de savoir d'où venait le vent, Pénélope, parmi les dieux j'étais sans force, comme un arbre.

— Je t'attendais ! Celles de la ville se sont vite consolées. Il est venu des joueurs de flûte à peau noire, et leur musique ronflait comme un orage d'été dans les vallons. Ah ! Elles n'ont pas porté longtemps le deuil des maris ! Un rumdum de tambourelle, et, seins au vent, elles tournaient, échevelées ! Le soir, dans les champs, et jusqu'autour de cette ferme où je pleurais, les amoureux, liés deux à deux, tombaient dans l'herbe comme des fruits mûrs.

— Pénélope, je songeais toujours à toi. Je bondissais sur les plages. Je me ruais dans la vague, je voulais nager vers toi jusqu'à la fin de ma vie. L'eau glissante se gonflait entre mes jambes et me rejetait sur le sable. Alors, les déesses sortaient des tamaris...

— Ah ! cruelles, trop belles déesses !

— Moins que ne l'imaginent les hommes, Pénélope, mais plus cruelles que l'âpre mort. Elles me retenaient loin de toi sans jamais d'espoir. J'étais comme une grive sous la lèque creuse. Leur force écrasait mes os.

— Mais, ne voyais-tu jamais dans l'eau des îles ces fustes crétoises qui volent, dit-on, jusqu'aux confins du monde ?

— C'était plus loin que les confins du monde, dans une mer qui ne porte pas de vaisseaux. Jamais rame crétoise n'écrira sur cette eau. La vague se haussait sur le ciel, fleurie d'écume, plus haut que les pins de la côte : derrière elle chantait l'archipel.

Il se fit un silence pendant lequel Ulysse pensa à ruser pour connaître le fin mot de ce qu'un jour Ménélas et l'ânier avaient dit :

— Il me venait des terres humaines, poursuivit-il, un vent où bruissait la voix des dieux. Par lui je connaissais la vie d'Ithaque, et, mon plus grand tourment...

— Ah ! dit-elle aussitôt, et elle colla sa chair tiède contre le flanc d'Ulysse pour permettre à l'Aphrodite de l'aider mieux, ma vie était terrible au milieu de l'amour. Ithaque, comme une braise, grésillait de caresses. Souvent, l'été, je tissais dans l'ombre de ma chambre. Un battement d'ailes emplissait le ciel, un dieu se posait sur le seuil de ma porte. Il ouvrait ses bras, tendait ses lèvres. Il avait la grâce du cygne, la persuasion de l'or, et je disais : « Laissez, je tisse mon linceul, jamais plus l'amour... » Car je portais ton souvenir comme une graine miraculeuse qui fleurit tout un pays. Et j'ai dressé leur colère contre moi parce que je ne voulais pas me creuser sous leurs embrassements. Leur voix jalouse...

— Antinoüs... souffla Ulysse.

— Leur voix jalouse me parlait de Nausicaa...

— J'ai cherché ta chair dans leur chair, dit précipitamment Ulysse, la saveur de ta caresse et la forme de tes seins. Cela seul m'a permis de vivre. C'était toi que je tenais embrassée, c'était toi qui dormais à côté de moi, c'était ton pied qui venait se chauffer au creux chaud de mes cuisses quand le gel fleurissait l'huis. Je disais « Pénélope » à l'ombre impalpable, et mon désir découpait dans les ténèbres un vase à ta forme et que ta vie emplissait. A travers toutes, c'est toi que j'aimais.

Eros était sur eux.

— Viens ! dit Pénélope.

Elle le tenait par la main. Devant eux, jaillie des eaux de la nuit, se hérissait la cyprière : la petite flamme votive léchait la pierre écrite.

Ulysse frissonnait, il aspirait avec le vent même le tourbillon du désir, il le sentait contre sa peau aigre et chaud.

— Viens !

Les petits doigts peints serraient ses doigts, l'herbe bruissait, une vie divine naissait, une vie où s'expliquaient le rapide effondrement d'Antinoüs et la floraison soudaine du bonheur. Dans la nuit déchirée, la petite flamme éclaira le visage de Pénélope.

— Viens !

La barrière de thuya s'ouvrit d'elle-même devant eux : il se sentit entraîné à travers le froid feuillage plat par une grande force parfumée. La cyprière l'accueillit en soupirant. Une porte gémit.

— Attends, je vais allumer le calen.

Une flamme monta de l'huile et, comme une eau qui se retire, l'ombre laissa au sec sur le sable doré de la lampe, la grande chambre avec ses peaux et ses tapis.

Ulysse reçut vaillamment l'assaut du bonheur.

*

* *

A la pointe de l'aube, Mélitte, la fille du savetier, ferma sa porte à grand bruit et courut dans la ruelle en faisant sonner ses patins de bois. Elle enviait celles qui restent couchées jusqu'à l'aplomb du soleil. Elle, ô sort cruel, devait quitter son lit de bonne heure, étant servante de lavoir, et, de rage, elle tapait des pieds sur les pavés pour augmenter son vacarme. Les dormeuses pensèrent : « C'est l'aube, Mélitte va chez Pénélope pour la lessive. » Puis, dans les draps chauds, elles caressèrent doucement les cuisses de leurs maris.

Mais, bien avant que les hirondelles n'aient cessé de piailler, elles l'entendirent qui revenait puis tambourinait en criant à la porte de son père. Il se leva, vint au seuil et leurs paroles mêlées emplirent la rue. Et du caquet plus clair de la petite, des mots comme magiques ayant jailli, on se précipita aux lucarnes pour savoir le fin clair.

— Hé, Mélitte, que dis-tu ? — Holà, fillette, viens ici ! — Que dit-elle ? — Avez-vous entendu ? — Hé, petite !

Elle les laissa un peu mijoter dans leur envie de savoir, puis, dédaigneuse, comme une habituellement dans le secret des dieux, elle consentit à crier dans la ruelle :

— Ulysse est revenu et Kalidassa est morte !

Un peu avant le jour, Pénélope éveillée entendit dans la cyprière un bruit de branches cassées. Elle alla entrebâiller l'huis, mais, la lune était déjà tombée, le jour encore sous la colline, elle ne vit rien : elle perçut seulement dans le feuillage comme la palpitation d'un gros oiseau nocturne. Elle revint se coucher, d'autant que le tumulte de la ramure s'apaisait et que l'aurore aigrissait le vent.

Or, quand les lavandières huchèrent du chemin creux, le jour étant venu, elle eut à peine ouvert la porte qu'elle vit, pendu à la branche courbe d'un cyprès, le cadavre raide et ballant de Kalidassa.

La veille, au moment où Antinoüs avait disparu du côté de la mer, Pénélope, montrant le mendiant qui s'élançait à la poursuite, avait dit à Lagobolon et à la servante ébahis : « C'est Ulysse ! », la pauvre fille s'était ruée dans la maison, et, mussée dans la resserre aux légumes entre deux sacs de froment, elle avait lentement construit en elle-même la vengeance qui l'atteindrait au retour du maître. Ces atroces images évoquées, et la certitude où elle était qu'à cette heure déjà la dépouille écrasée d'Antinoüs le bien-aimé devait saigner sur les pierres de la colline, la vidèrent de tout courage. Etouffant le bruit de ses pieds nus, elle monta aux combles, ouvrit le coffre où elle serrait ses parures, prit ses trois châles les plus beaux, les tressa en câble et vint se pendre dans la cyprière.

Elle était là, dans le matin bleu, comme une pintade apprêtée avant les fêtes. Entre ses orteils écartés, le vent velouté de rosée passait en vain sa langue fraîche.

Les laveuses retendirent sur l'herbe, et, quand on eut caché sous une branche de thuya la pauvre figure déchirée par la mort, elles galopèrent en hurlant vers la ville.

Il ne fut plus question de grasse matinée. Les palabres s'engageaient de lucarne à lucarne, puis, les plus vives s'étant vêtues, les femmes descendirent dans la ruelle, collées en groupes sonores et véhéments.

On interpellait les nouvelles venues, et les langues de ronfler. Enfin, mû par sa propre masse sans cesse accrue, un groupe dévala la pente jusqu'au carrefour où il s'éparpilla comme une boule de neige brisée, et les flocons emportèrent la nouvelle aux lisières de la ville basse.

Sur le port, Lagobolon gesticulait. Il n'avait pu rester couché avec la bouillante nouvelle qui tressautait en lui comme lait sur le feu ; pour la centième fois, il expliquait :

— Ah ! mon pauvre ami ! ce fut vite fait ! Un coup là, disait-il en touchant son menton, et, adieu pays ! Si tu l'avais vu courir !

Il imitait sur place la galopade d'Antinoüs et les gestes d'Ulysse, puis, rouge et suant, il reprenait pour les nouveaux arrivants :

— Il est encore plus fort qu'on ne dit. Il est devenu tout à coup très grand, très beau, avec des muscles !... Il y a sûrement du dieu là-dessous.

A ce moment, on héla de la mer.

Une barque revenait étrangement chargée.

Ils s'approchèrent. Elle ramenait le corps d'un homme. Ses bras et ses jambes étaient brisés en plus de dix endroits : ils se ployaient comme branches d'aulnes. Une plaie saignait à la cuisse qu'un crabe avait entamée.

— Je l'ai trouvé aux « ragues chantantes ».

On l'allongea sur le quai, mais, comme on le tournait face en l'air, on reconnut, à travers la crispation d'une horreur panique, le visage d'Antinoüs !

Lagobolon, le doigt aux lèvres, faisait aller ses regards des uns aux autres, comme pour dire : « Eh ! je vous l'avais bien dit. »

Maintenant, tous les quartiers bas connaissaient la mort de Kalidassa. Une marchande de poissons qui allait remplir ses couffes amena la nouvelle sur le port et la répandit d'abord dans les sentines à l'angle de la rue, puis, s'approchant du groupe où Lagobolon parlait, moins volubile :

— Vous savez la nouvelle ? dit-elle.

Si on la savait, la nouvelle !

Elle était même là, étendue à leurs pieds, brisée, ruisselante ! Ah ! le terrible homme dont on trouvait les adversaires en cet état !

— Mais, balbutia la femme, ébranlée d'horreur, on vient de me dire qu'on a trouvé Kalidassa pendue à la ferme !

Pour le coup, on se regarda sans piper mot, le nez pointant vers la terre.

Antinoüs ! Kalidassa !

Où allaient tomber maintenant les coups épouvantables ?

Les premiers rayons obliques du soleil frappèrent une Ithaque tumultueuse. Il en sourdait un frisselis de voix mélangées qui s'épandait sur la mer jusqu'à la ligne où nageaient d'ordinaire les vaisseaux à long voyage, et plus d'un équipage étonné tendit l'oreille vers l'île ce matin-là.

La mort d'Antinoüs jeta la nouvelle huile dans la poêle.

Les pêcheurs qui n'étaient pas partis rentraient les rames. Déjà, dans les sentines, on délutait de vieilles cruches. Les établis expulsèrent les bourreliers à relents de poix et les ouvriers en bois parfumé à la résine. Le fournil éructa le boulanger ébloui, et le courtier en graines, à la parole facile, goûta dix fois à dix carrefours différents les joies de l'orateur écouté. Un boucher, au tablier plein de sang, émotionna un groupe de commères à l'instant silencieuses et tremblantes ; le goujat d'abattoir oublia près du portail de Vénus deux chevreaux aux pieds liés qui grelottèrent tout le jour, et Lagobolon offrait trois porcs prêts à sevrer pour qu'on le portât sur-le-champ en Elide.

— Sur-le-champ ! et sans tarder !

Vers le midi, la mère d'Antinoüs arriva. Elle semblait échappée d'Hadès. Elle portait le silence avec elle. Elle marchait très vite, en penchant son torse en avant comme si elle venait de recevoir un javelot et faisait quelques pas encore avant de mourir. Elle passait sans voir personne, les yeux fixés sur le débouché rectangulaire de la rue où se dessinait le fin gréement d'un voilier au repos. Tout le monde la suivait du regard.

Elle s'effondra sur le corps de son fils : ses cheveux gris couvrirent le visage du mort. Elle resta, silencieuse, écrasée, puis elle se mit à panteler ; on vit ses mains se crisper sur la pauvre chair inerte ; enfin elle releva la tête, et, dans la conque du port, elle hurla comme une chienne blessée.

Au caboulot des « Navigateurs » il s'éleva une dispute au sujet de l'endroit où on avait découvert le cadavre. Le pêcheur affirmait que c'était aux « ragues chantantes », petite dentelle de méchants récifs qui gardait l'entrée des calanques et où le flot, sans repos, gémissait. On se mit en barque pour aller voir. A la sortie du port, il fallait tourner à gauche ; après, la côte était déchirée par deux larges fentes au fond desquelles, à cette heure, dormait une eau paisible couleur de lilas. La brise enlevait aux pins une musique d'une douceur suave, mais on n'avait pas de cœur en ce jour pour goûter la joie de vivre. Malgré tout, un des rameurs leva la tête : il vit l'effondrement de la falaise. Une étoffe flottait : on la pêcha. C'était la ceinture d'Antinoüs. On aborda : on grimpa à côté de l'éboulis en s'aidant aux genêts. Il y avait Xoras le boulanger, Sarkos du moulin d'huile, Lampito le chanteur du Temple, Croton et puis le pêcheur. Une fois là-haut, ils furent stupéfaits du désastre : plus de dix pins avaient roulé dans l'abîme. Ils étaient là, silencieux, cherchant à lier les trois malheurs, quand Lampito, qui s'était approché du bord, revint, l'air égaré, disant qu'il venait de voir imprimé dans la terre, à l'endroit même où les rocs avaient commencé à céder, la marque d'un énorme pied. Son commerce régulier des prêtres le faisait aisément vivre dans le merveilleux. Il expliqua qu'à son sens, ils étaient sur les lieux mêmes de la bataille.

Un dieu a aidé Ulysse : là-bas est l'empreinte de son pied.

Ils dévalèrent sur le cul, à la hâte, et rentrèrent au port en moitié moins de temps qu'ils n'avaient mis pour y aller.

Cette annonce qu'ils chuchotèrent aux oreilles dès le quai, s'insinua goutte à goutte dans une ville à bout de nerf, et, portant au comble l'inquiétude, la mit si bien aux lisières de la terreur que chacun entra chez soi, malgré une soirée qui s'annonçait délicieuse. Seuls, quelques hommes courageux : Broros le chasseur, Alcidamas et Danaüs qui ne risquait guère étant un peu faible d'esprit, montèrent tout en haut de la ville, à la placette des micocouliers, d'où, par-dessus les remparts, on pouvait apercevoir la ferme d'Ulysse.

Le ciel était somptueux et rouge. Un long nuage tout doré que le vent du jour avait effilé, plongeait dans la mer comme une flèche enflammée. Les arbres, les herbes et l'air tremblant du lointain, se coloraient d'un incarnat velouté : une collinette ronde et rase avait la rougeur d'une joue de fillette. C'était l'instant du crépuscule où nulle haleine ne dérange l'harmonie des lignes, où les cyprès se redressent, où le saule se gonfle comme un pigeon, mais cette immobilité même, et la beauté étrange de la couleur qui parait la terre, enfla encore le désarroi des cervelles.

Hors des chênaies, le colombier d'Ulysse pointait son petit museau fouinard où s'enlaçaient deux banderolles de fumée.

Là-bas était la force, et, qui n'a rien à se reprocher ? N'allait-elle pas éclater comme un pot chargé de bitume en feu ? Sait-on jamais quand les dieux sont au service de la vengeance ?

Cependant, comme on les avait vus monter, les trois hommes mirent un point d'honneur à rester en face du terrible mystère. Ils allaient même s'accouder au parapet, quand, du port qu'ils surplombaient, s'éleva le lugubre hurlement de la mère. Alors, ils s'engouffrèrent à la course dans le tourbillon des ruelles.

La nuit étant venue sans lune, il n'y eut plus, sur l'eau du port, qu'un fanal au flanc d'une ourque de Phéacie.

La vieille femme redressa son long corps douloureux. Elle essaya de porter le cadavre. Trop lourd, il lui glissait des mains : la tête sonnait sur les dalles comme une courge verte, et, chaque fois, la mère gémissante portait ses mains sur les pauvres cheveux mêlés d'algues, comme pour calmer un mal. Enfin, elle se lassa, délivra sa poitrine d'un dernier hurlement et s'en alla du côté des bois.

Antinoüs, écartelé et sanglant, resta sur le visage d'Ithaque comme la marque d'un coup de poing.

VI

Ce soir-là, Ulysse prenait béatement le serein.

Ce premier jour, il l'avait vécu dans la végétation des anciennes habitudes : elles poussaient autour de lui comme une épaisse et haute prairie et ses mouvements s'embarrassaient dans les herbes.

— Pénélope, disait-il, car il avait la bouche et l'âme pleines de Pénélope, je vais au courtil.

Mais, sitôt le pied dans le couloir, la porte de la resserre aux grains le sollicitait. Il tirait la courroie de cuir, entrait. Il recevait aussitôt la salutation enjouée d'un rai de soleil très ancien qui descendait du soupirail. Sur une étagère, un pot d'olives confites chantait son modeste parfum amer. Cette odeur et cette lumière rejoignaient à travers son cœur une odeur et une lumière semblables vues jadis en cette resserre, dans les heures heureuses d'avant-guerre.

A force de regarder ce pot d'olives confites, il lui semblait le voir grossir, s'arrondir, gonfler, le multiplier en dix jarres et il songeait à aller voir sa provision d'huile.

Il montait l'échelle. L'ombre sentait le verger d'oliviers. Peu à peu, ses yeux éclairaient la sombre pièce. Les ventres d'argile étaient là, bien alignés, équilibrés dans le sable. Du doigt il les faisait sonner. Il relevait un couvercle. Une petite lune glauque luisait, l'odeur de l'huile peuplait l'ombre de vergers onduleux.

Puis il pensait au vin. A la porte de la cave, il rencontrait Pénélope, les clefs tintant à la ceinture.

— Où vas-tu ? disait-elle.

— Au courtil.

— Tu n'y es pas encore allé ?

— J'ai tant de choses à voir !

— Je ne sais pas ce qu'ils ont, là-bas, dit-elle en montrant Ithaque, la ville bourdonne comme une ruche.

— Ce doit être le beau temps.

Les jours suivants, la terreur d'Ithaque s'apaisa. Qui peut résister aux grâces du matin ? L'homme angoissé qui ouvrait sa porte trouvait son seuil jonché de fraîches roses et la rosée riait dans l'herbe ; la mer écumeuse semblait balancer lourdement une cargaison de fleurs de sureau. Enfin, la fontaine des trois mulets, tarie depuis cent lunes, se mit une belle fois à couler. On n'en pouvait douter. Les voisins s'éveillèrent avec un bruit nouveau dans l'oreille. On regarda. Elle coulait doucement mais d'un fil têtu. Le flux augmenta tout le jour. On descendit de la ville pour voir. On goûta : c'était la même eau, avec toujours son goût de fer et de cresson. Cette fontaine abreuvait trois quartiers, séchait les plaies des marins et fortifiait les os mous des marmots malades. On crut voir en sa résurrection la main des dieux. En fait, un vieux pâtre qui gardait l'avé dans une faille de la colline, avait, du bout de sa houlette, débarrassé le canal souterrain ; les mantes vertes y pondaient des nids gluants et l'eau détournée arrosait les ciguës d'un éboulis.

Il s'en trouva qui interprétèrent cette irruption insolite comme une manifestation bienfaisante de la force qu'on avait redoutée jusque-là en Ulysse. Et cette opinion prévalut. Elle permettait de jouir comme devant des joies que le ciel dispense.

On apprit avec soulagement qu'Ulysse avait donné à la mère d'Antinoüs trois sacs de farine, et une truie pleine au frère de Kalidassa.

— Il peut le faire, se dit-on, s'il est vrai, et nul n'en doutait, qu'il a dix coffres de butin.

Ainsi s'éteignit la peur, et, un beau jour, Ulysse put joindre un faucheur à un détour de chemin.

Jusque-là, ils avaient détalé devant lui, et ni les cris, ni les promesses ne les arrêtaient. Celui-là le coudoya en souriant. Le lendemain Ulysse descendit au port.

Une ondée que le vent coucha le força à s'abriter chez Joesse qui tenait auberge sous le signe du « Pin fleuri ».

La pluie ne fit que passer : le vent la portait, en jouant, de la mer aux collines et des collines à la mer. Quand le soleil reparut, Ulysse pérorait déjà au milieu de vieilles connaissances aux regards sympathiques.

Deux ou trois mots de Pénélope, le soupçon vague de ce qui s'était passé à Ithaque après son arrivée et quelques soirs de réflexion avaient instruit Ulysse. Il connaissait la force de son mensonge. Il s'en était servi en malhabile, se blessant lui-même de vaines terreurs. Désormais, il entendait l'utiliser sciemment : il en fit l'expérience chez Joesse.

A la nuitée, l'auberge rejeta sur le quai dix marins éberlués, attachés à un Ulysse encore tout sonnant. La lune se leva qu'il parlait toujours.

— Adieu, soyez les amis, conclut-il, je me suis attardé, Pénélope ne sera pas contente. La prochaine fois, je vous dirai comment je me délivrai du cyclope. C'est risible, vous verrez !

Et il les laissa, ivres d'images, dans un étrange pays où les nuages étaient des taureaux ailés ; on entendait sous les montagnes le ronflement des forges divines et, contre l'horizon une immense flûte bourdonnait au souffle de Pan.

On répéta ses récits aux veillées ; les jeunes enfants lardaient de flèches de joncs de vieilles outres figurant les cyclopes. Un voyageur dit qu'en Argolide on ne chantait plus aux olivades, mais que les gros fermiers avaient appointé un aède qui déclamait les « aventures ». L'esprit en est si ravi, ajoutait-il, que les mains font besogne double ; au lieu qu'avec les chants, les fillettes s'arrêtaient de cueillir dans les modulations difficiles, et le sac ne s'emplissait pas.

Ainsi, Ulysse fut comme un amandier fleuri au milieu des labours, et il couvrait la terre noire de pétales légers et odorants.

L'hiver passa. Après trois jours de vent d'Afrique, la flotte des nues cingla à belle allure vers la Thrace hérissée, et dans le ciel net, le printemps parut.

Vers l'époque des premières narcisses, trois porchers s'en allèrent à la chasse aux huppes. Ils contournèrent le ventre déchiqueté du Nérite, et, par un sillon de torrent, descendirent vers la mer. Sur la plage, ils disposèrent la glu et les filets, puis, se retirant derrière les tamaris, ils imitèrent le cri de la huppe. Avec un long câble de raphia ils faisaient danser sur le sable une touffe de plumes multicolores. Quand ils eurent trois lourdes grappes d'oiseaux étranglés, il était à peine la mi-jour. Ils montèrent se reposer sur un éperon de roche qui surplombait la calanque.

Ils s'extasiaient sur l'abondance de la chasse :

— Cet hiver, dit Kiphis le débraillé, je suis venu placer des pièges à grives dans ce genévrier. J'en ai pris trente-quatre, mais, sous l'arbre, il y avait la bauge d'un sanglier – vous la voyez encore – et une laie avec des défenses longues comme ça ! Heureusement, j'avais ma fronde. De ce pin, je l'ai harcelée tant et tant qu'elle délogea, mais dans une telle colère qu'elle écrasa en se vautrant mes grives et mes pièges. Je pensais à cela ce matin en vous disant de porter vos frondes.

A ce moment, vint de la mer un bruit si insolite que le discoureur s'arrêta net et qu'ils se dressèrent tous les trois à demi. Cela ressemblait à la nage d'un énorme poisson. Ils se penchèrent sur la calanque. La rive opposée s'avançait dans les vagues bien plus loin que celle sur laquelle ils étaient : à la pointe, l'eau se gonflait comme repoussée par un vaste corps immergé. Pendant qu'ils béaient, sans haleine, parut la plus étrange nef de toute la mer.

Au premier abord, on eût dit un énorme tas de fucus amassé par la récente tempête, et qui avançait en ressautant sur le dos de la vague. A mieux regarder, ils distinguèrent à travers le fouillis d'algues le bec d'une proue et une espèce de cheville pointue qui était le chicot du mât brisé. La voile traînait sur le bord droit : aucune rame ne dépassait les évents ; la carène, au lieu de glisser en rejetant l'écume, dansait lourdement, sonnait sous les paquets de mer, et retombait presque sur place comme un ventre mort.

Cette nef paraissait déserte, quand il en jaillit un fuseau blanc qui plongea, s'enfonça sous l'eau noire au sein d'une grappe d'écume, reparut, nagea, et les trois porchers comprirent que c'était un homme qui tentait de gagner la côte.

Ils descendaient à sa rencontre pour l'aider, mais le

pont de l'étrange navire se peupla de quatre ou cinq archers qui, à leur ébahissement, chassèrent à la flèche le nageur fugitif.

Il plongeait pour échapper aux coups, mais était poursuivi d'une pluie si serrée de sagettes, qu'il eût été infailliblement percé si les porchers, criant et gesticulant, n'avaient attiré sur eux le regard des archers.

Un carreau qui siffle près de leur bonnet fut la réponse. Ils se musèrent sous les genévriers.

En bas, le nageur appelait à l'aide :

— Aux frondes, les gars, dit Kiphys, il ne sera pas dit qu'on l'a laissé sans secours, et tannons-leur la peau !

En moins de rien, du buisson où ils étaient tapis s'envola une nuée de pierres qui grélèrent sur le pont, puis encore, tant et si bien que le genévrier semblait habité par un peuple de merles et que les clameurs, cette fois, s'élevèrent du bateau.

Ils se dressèrent pour voir.

L'homme avait abordé. Il se dissimulait sous les tamaris de la plage. Les archers avaient l'air de vouloir se mettre à la côte et poursuivre le transfuge à terre.

Le cap rongé par le vent salé portait de grosses roches désagrégées de la masse et qu'une simple poussée pouvait envoyer à la mer.

— A la pierre, les gars !

Ils s'arc-boutèrent contre un rocher plus gros qu'eux trois qui branla, puis roulant tête cul dévala la pente et sauta d'un grand saut jusque sur le bord de la nef.

L'eau s'ouvrit. Une haute vague vint déferler sur la plage, l'autre repoussa le bateau vers le large, le couvrant de bave blanche.

— Ils en ont, les gars ! Ils en ont !

Il s'en fallut de peu qu'ils en aient aussi : six longues

flèches habilement ajustées vinrent, à côté d'eux, se planter dans la chair fleurie de la colline.

Mais la mauvaise nef prit définitivement du champ. Ils trouvèrent l'homme qui grelottait dans ses haillons mouillés. Il balbutia sans pouvoir articuler des mots bien finis, puis, épuisé de terreur et de fatigue, il s'effondra inanimé sur le sable.

Ils le chargèrent sur une civière de branches de chêne, lui mettant comme coussins et couvertures les grappes de huppes étranglées.

Mais, aux porcheries, Eumée, penché sur le rescapé se redressa tout ébahi :

— Télémaque ! dit-il.

C'était bien lui ! Trois saisons d'aventures avaient transformé le jeune athlète en un sarment boucané. Il ne restait plus rien de son ancienne splendeur, sinon ce pli rusé des lèvres qu'il tenait de son père. La pulpe heureuse de sa chair avait fondu : autour de ses membres, sinuaient des muscles durcis, mais tremblants, et sa peau resserrée était bosselée de nodosités osseuses.

Les premiers jours il mangea gloutonnement à l'écuelle en grognant à ceux qui approchaient. Il digérait, étendu au soleil, sans un geste, comme anéanti par le travail de son ventre. Enfin, il s'avéra plus élastique, essaya de sourire, puis parla. Et ce fut pour ordonner au valet de porter son écuelle sur la table où son père et sa mère mangeaient. Ils l'accueillirent avec de froides caresses. Ulysse n'avait pas oublié l'arrogant refus. Pénélope appréhendait son ressentiment et craignait sa parole.

Elle se rassura quand elle connut l'engourdissement de sa cervelle. Il ne savait parler que de ses errances. Il avait certainement vécu des aventures tellement formidables qu'il ne se souvenait plus que d'elles, ou, plutôt, qu'il était dominé par le désir de les publier pour en tirer légitime fierté. Il racontait de façon très désagréable, en dardant sur l'auditoire deux yeux illuminés de braises méchantes ; la moindre interruption le jetait debout, frémissant, ruisselant de jurons, d'imprécations et de menaces. Ainsi il fatigua tout le monde avec des récits véritables.

La mauvaise fuste sur laquelle il était parti en abandonnant dédaigneusement son père, tenait la mer comme un panier. Malgré le temps splendide et les flots d'huile, elle s'emplissait peu à peu. Chaque nuit, l'équipage se penchait sur le panneau de la cale et écoutait d'inquiétants clapotis. Ils arrivèrent de justesse sur la côte d'Egypte. Les barils d'eau douce flottaient vides, dans une cale pleine d'eau salée. La fuste roula par le fond en vue d'un mince liséré d'or qui était la terre sableuse. Télémaque achevait de mâcher la dernière courroie à peu près comestible. Cet ultime ravitaillement lui donna l'énergie d'agripper un ais, et, pendant que les compagnons se noyaient à grand bruit dans un éclaboussement d'écume, le léger jusant le porta vers la terre. Il s'échoua à l'embouchure d'un petit fleuve et s'endormit aussitôt sur le sable. Des cris de femme l'éveillèrent. Elles jouaient à la balle après le bain. Il se dressa : il était nu. De ses deux mains aux doigts joints il couvrit tant bien que mal sa virilité et s'avança vers elles. Ce fait même causa sa perte.

Il y avait tout près de là une oseraie, repaire d'un sauvage qui ravissait les femmes, les violait, mais les tuait. Elles crurent qu'il venait en brandissant ce qu'au contraire il s'efforçait de cacher et coururent d'une traite au village prévenir les hommes. Il leur fut aisé de capturer Télémaque qui boitillait dans une sente avec une épine d'acacia dans le pied. En un tournemain, lié et ballotté à travers des fourrés de lentisques, on l'amena chez un personnage au crâne rasé, entouré de calebasses à parfum, et qui sentait son prêtre de fort loin.

Il échappa à la mort par miracle. Après une nuit passée dans l'ombre torride d'un appentis en pisé, on l'exhiba. Le prêtre, en sa sagesse, avait décidé qu'il convenait de le faire bouillir et de partager sa viande parmi les hommes dont il avait ravi les épouses ou les amantes. Ce qui satisfaisait à la fois les ressentiments et les estomacs. On levait le couteau, quand des cris mêlés de rugissements fusèrent, et l'on vit, bondissant vers le bois de platanes, le sauvage, le véritable, qui emportait la fille aînée du forgeron. Cela suspendit la cérémonie.

Les intéressés prétendirent bien qu'en bonne justice on devait continuer la cuisine, que celui-ci, s'il n'était pas le ravisseur même était certainement son aide, et qu'en fin de compte, l'octroi de cette compensation ne balançait qu'en partie le dommage subi, mais, le prêtre, à l'aide d'une longue mélopée incompréhensible, leur prouva, clair comme le jour, que, dans cette affaire, le seul offensé était le dieu Phtah et qu'il convenait de consacrer le prisonnier au service de ce dieu. Ce qui incorpora Télémaque dans le domestique particulier du prêtre.

A quelque temps de là, il fut question dans le haut pays d'honorer la vache divine, et le prêtre s'achemina vers le lieu des cérémonies. Télémaque portait le bagage.

La vache meugla à deux ou trois reprises, ce qui était le signe infaillible d'une prochaine félicité, et l'on se rua en fêtes. Le collège des pythies se distingua. On assista à la naissance de trois dieux nouveaux : l'un à tête de cheval, l'autre à ventre de cygne, le troisième et non le moindre, sous la forme d'un agnelet tout bêlant, tout tremblant, tout humide encore du sang de sa mère. Le pays était promis à une joie sans fin.

Le prêtre s'attarda dans le bosquet des courtisanes. Il en sortit nu et cru. Il avait même troqué Télémaque en échange d'une caresse un peu appuyée.

Le nouveau maître fut terrible. C'était une femme. Elle s'était vouée à la déesse chatte et prêtait sa chair aux voyageurs que le désir poignait. Télémaque préparait les boissons, tapait les paillasses, et même entrait dans le lit quand les routes étaient trop longtemps désertes. C'était, en raison de sa fréquence, la partie la plus pénible de son servage.

Il y avait, à vrai dire, certains avantages : les visiteurs étant volontiers généreux, la femme était elle-même dominée par un chef de pirates, un long escogriffe qui laissait pousser le poil de ses joues et portait ostensiblement six balafres. A intervalles réguliers, il arrivait, faisait l'amour sans déboucler son harnais, distribuait des coups de courbache, défonçait les coffres, raflait les monnaies, et disparaissait avec un sourire qui, découvrant sa bouche édentée, faisait saigner la commissure de ses lèvres.

Il emmena Télémaque. Ce furent alors des jours fort singuliers. Cet homme commandait un étrange navire. Il faisait spécialement la chasse à ces voiliers rapides qui emmenaient en Crète les perles et l'or. Ils portaient tant de toile que les prendre à la course eût été aussi difficile que de vouloir saisir le reflet d'un miroir. Il avait imaginé de cacher sa nef sous une cargaison dégoûtante d'algues et de fucus. Il se portait en mer sur la route suivie par ces trésors flottants. Sitôt qu'apparaissait le léger goëland, un homme nu montait sur le pont, faisait des signaux, appelait à l'aide. On s'y trompait. Le voilier lofait vers l'épave, abordait. Il était alors, à l'improviste, couvert de flèches, arraisonné ; on égorgeait sans pitié l'équipage, et, la cargaison transbordée, on ouvrait dans la coque du voilier des sabords qui le coulaient. Télémaque, judicieusement entretenu en une heureuse maigreur, figurait d'ordinaire le faux naufragé. Il y gagna des coups de cravache et une blessure de javelot. La tempête de fin d'hiver dressant la nef pirate sur les côtes d'Ithaque, Télémaque s'était dépêché de fuir.

Il contait l'histoire à son ordinaire, l'accompagnant de regards furibonds et de coups de poing sur la table. Il y avait à dîner Kallimaquès, un philosophe qui s'était mis dans le commerce des cochons. Il cligna malicieusement de l'œil vers Pénélope et vers Ulysse, puis, amenuisant sa bouche et dressant sous le nez du conteur ses doigts réunis en bouton de lotus, il dit :

— La vérité, la vérité, vous avez toujours ce mot-là à la bouche ! Sais-tu seulement ce qu'elle est ? T'es-tu rendu compte que ton regard intérieur vole vers elle par bonds maladroits, comme la pierre qui ricoche sur la pellicule fragile de l'étang ? Ecoute : La vérité est supposons ce saule sur l'autre bord de la mare. Regarde ! Je lance ce galet plat. Je fais avec ce galet l'investigation du côté de la vérité, ce saule. Vois : le galet bondit sur l'eau molle, bondit en bonds de plus en plus courts, puis, manquant de force, il s'enfonce et se noie. Pour celui-là, la vérité c'est la bouche sombre de l'eau. J'en lance un autre : une crispation de nerf, une corde qui s'est pliée dans mon coude et, vois, la direction est rompue. Pour celui-là, la vérité c'est ce lit de boue où il tombe sur l'autre bord. Et cependant, il était bien entendu que la vérité c'était ce saule ! Un galet sur dix ira sur le saule : celui-là ne saura pas qu'il a atteint la vérité.

Et pendant que Télémaque, de plus en plus furieux, écrasait à coups de poings une bolée de figues fleurs, Kallimaquès tourna son escabeau vers Ulysse.

— Ces jeunes gens, poursuivit-il, ont une belle imagination. Féconde, vraiment très féconde, mais elle fait des enfants mal finis. Maître Ulysse, changez-nous un peu de ces jeux de cervelle : j'ai besoin d'écouter quelque chose qui sente sa réalité. Ne me ferez-vous pas la politesse de raconter une de vos aventures ?

VII

Le divin cocher guida le charroi de l'orage vers le large ; brides abattues, les noires cavales volèrent sur l'eau, faisant jaillir sous leurs sabots des gerbes d'éclairs. Quelques grêlons attardés jouèrent encore du tympanon sur les tuiles, la pluie quitta l'île, ses petits pieds obliques coururent en crépitant sur la mer.

Une clairière d'azur s'ouvrit dans la frondaison sombre des nuages. Ulysse mit le nez à l'huis.

Une fraîche haleine de fleurs écrasées et de terre humide le salua. Un jet de soleil éclaboussa les collines et la forêt. D'aigres pelotes d'oiseaux dansèrent sur les pentes du ciel.

Il sortit.

La treille suintait comme une grotte. Les cailloux lavés oscellaient la sente ; elle serpentait entre les haies étincelantes, sa tête s'enfonçait sous le bois ténébreux.

Il prit au découvert un petit chemin herbeux, dessiné par deux ornières, tout luisant de gouttelettes, pantelant de la vie d'innombrables sauterelles.

Aussitôt, ses champs ordonnés vinrent lui lécher les pieds. Ils avançaient, raides et nets, striés de sillons ou peluchés de graminées, les uns vêtus de sainfoin rose, d'autres armurés de blé gris, ceux-là inertes sous le poil de la jachère, ceux-ci gonflés de semences, et ils tournaient autour de lui comme les rayons d'une roue autour d'un moyeu.

Le vent sentait le sable chaud, l'eau froide, l'asphodèle et le buis. Le mélilot, mouillé de pluie, ruisselait d'un parfum simplet, et deux acacias fumaient comme des cassolettes.

Dans un coin lointain du ciel maintenant pur, l'orage fuyant tordait en silence ses muscles violets. L'aile d'Iris pointait au-dessus de la colline.

Il allait à petits pas, lourd d'une volupté que distillaient l'air, la lumière, les odeurs.

Un tertre le souleva doucement. Il se tourna vers la ferme. Les bruits venaient à lui : claquements de patins, froissements d'étoffe, grêle de grains sur les dalles, et l'appel : « Petits, petits... » Pénélope donnait aux pigeons.

Des linges de femme qu'on avait étendus à la pluie pour les blanchir gonflaient au vent leur peau humide. Ainsi, le long des cordes du séchoir, s'arrondissaient de multiples corps féminins, faits de chairs fugitives, et qui mimaient, au gré capricieux d'Eole montagnard les gestes convulsifs de l'amour.

Pénélope, encore, tous ces fantômes aériens !

Les bruits, les formes de la ferme, cette cyprière, pareille à une touffe de poils, la chevelure des lauriers, le râle du petit ruisseau sous l'herbe, tout participait de Pénélope, était comme son corps transmué, son émanation, la coquille chantante et mordorée dans laquelle elle levait sa chair délicate.

L'orgueil d'avoir reconquis tout cela gonfla la poitrine d'Ulysse. Il comprenait la beauté de son mensonge, né de sa cervelle, tout armé, pareil à Pallas née de Zeus !

Il descendit la petite pente. Son ombre le précédait, fuselée comme une carène. Cette ressemblance l'amusa. Les mûriers, les oliviers, les touffes de figuiers, dressaient sur la terre nue la figure d'un archipel minuscule.

Il évolua entre les arbres, dodelinant à la façon d'un navire qui navigue « à la bonne ». Il abordait dans une ombre, puis il repartait, la proue pointée vers un lointain platane.

Son imagination ayant effacé le visage de la terre, étalait, sur ce qui, en réalité, était des champs onduleux, la voluptueuse mer. La houle le balançait, il entendait le choc des vagues, le chant gémissant de la rame, le hoquet du gouvernail. Il était nef, équipage, Ulysse !

Il vivait son mensonge.

Il mettait en ce jeu, d'ordinaire, une ardeur qui le portait jusqu'au cœur sauvage d'Ithaque. Ce jour-là, il se fatigua vite de cingler d'arbre en arbre à travers les champs poisseux.

Le beau corps de la terre nu et luisant au sortir de l'orage avait dès l'abord exalté son esprit : maintenant, malgré l'odeur d'herbe en amour qu'exhalait la glèbe mouillée, il retrouvait son inquiétude : Télémaque !

Dans l'heureuse maison, Télémaque était comme une grande épine. Pas de jour sans dispute.

Tout à l'heure encore, on l'avait ramené, hurlant, bavant comme un chien fou, couvert de meurtrissures. Il s'était battu avec des matelots.

Toujours à cause de cette histoire qu'il dévidait de sa voix méchante et de laquelle tout le monde se moquait.

On l'avait lavé à la fontaine : la fraîcheur semblait l'avoir calmé, quand, apercevant son père, il s'était mis à trembler de tous ses membres et non de peur, car son visage reflétait les souffrances d'une immense colère.

Pointant son index maigre et dur vers la grasse chair d'Ulysse :

— Toi, le porc, avait-il dit, je te crèverai !

Certes, Ulysse comprenait un peu que cette fureur soit dirigée contre lui ; c'était sa violence qu'il ne s'expliquait pas.

Il y a toujours moyen de s'entendre entre gens paisibles.

Pour avoir la paix, il était prêt à abandonner le bénéfice de quelques lots de porcs et une terre à l'autre bout d'Ithaque. C'était décidé cette fois, il attendrait une accalmie, et parlerait serré. Il augmenterait la somme s'il le fallait, mais il se débarrasserait de ce forcené.

« Il est des sacrifices qu'il faut savoir faire » se dit-il, et il se représenta, dans le calme enfin venu, les larges joies coulant de sa Pénélope.

Le meilleur ami d'Ulysse, celui vers lequel il allait le plus volontiers, avec l'assurance de trouver près de lui la juste consolation, était un grand bassin plat à peau mordorée.

Une exacte ceinture de grès enserrait sa chair rectangulaire derrière une barrière de cyprès. L'eau affleurait au ras du bord. Elle frémissait au souffle de la plus légère brise, clapotant avec un bruit de langue humaine. Pendant la moitié du jour, largement peinte de soleil, elle reflétait le feuillage des cyprès, puis, elle était pénétrée de leur ombre de plus en plus noire, à mesure que s'avançait la nuit.

C'était un bassin de mœurs faciles, peu profond, et qui n'avait jamais noyé personne. Les chiens de chasse, les couleuvres et les pinsons venaient y boire.

A l'abri des cyprès, l'orage n'avait pas mouillé l'herbe. Ulysse s'assit à cropeton.

Les conversations, fort instructives, qu'il avait avec

son ami, se faisaient par le truchement de morceaux de cannettes décortiqués, taillés vaguement en forme de navires et auxquels un bout d'écorce relevé servait de voile.

Il les posait, doucettement auprès du bord. La brise les emportait autour du bassin en un périple imprévisible, capricieux, plein de dangers et qui figurait une miniature de ce périple déjà célèbre que la langue d'Ulysse avait fait décrire à sa nef fantôme.

Jamais, même dans les jours les plus heureux, aucun de ces navires n'avait dépassé, voire atteint le port de la scabieuse. C'était sur l'autre rive, une faille de la margelle. Elle abritait une petite langue d'eau noire qui luisait à travers les tentacules vermiculaires d'une scabieuse éplorée. La cannette arrivait assez facilement jusque-là avec bonne haleine ; mais, quand il s'agissait de passer sous l'arceau des tiges pour gagner le port, il suffisait d'un flux de vent un peu plus fort pour que la lourde tête fleurie, balancée, heurtant la nacelle la fît chavirer et s'engloutir. C'était une passe très dangereuse. Chaque fois qu'il voyait la nef s'en approcher, Ulysse frémissait d'appréhension. La scène grandissait jusqu'à emplir de son horreur tout le cadre de l'horizon. Il se sentait embarqué sur le fragile bois de la cannette, il entendait siffler au-dessus de lui la tête énorme de la scabieuse.

Des phrases montaient à ses lèvres toutes prêtes pour les récits futurs :

ET DÉJÀ LE CYCLOPE A REPRIS UN ROCHER BIEN PLUS GROS. IL LE FAIT TOURNOYER, LE JETTE EN Y METTANT TOUTE SA FORCE . . . .

Il devait être, cette après-midi-là, en des heures particulièrement fastes. La cannette gréée d'écorce s'approcha du pas périlleux en ruant de la poupe comme un cheval rétif, puis, prenant son parti, elle força à belle allure sous l'arceau et la fleur assomma seulement la trace de son passage.

Un beau coup d'audace !

Ulysse en était tout pantois. Il ne se lassait pas de regarder la coquette nef se dandinant dans le port de la scabieuse. Il n'était pas au bout de ses surprises. Elle démarra doucement, s'avança de nouveau vers le traquenard, fit volte-face dans l'instant où le coup allait s'abattre, et, se glissant sous les tigelles où sa voilure passait juste, elle déboucha dans la mer vierge où sa trace audacieuse s'inscrivit.

Ulysse se dressa.

Elle allait, roulant un peu sur de courtes vagues dures, le long de la côte inconnue. Elle revint sur sa route, courut des bordées à bonne distance de la fleur dangereuse, puis se décida pour le voyage à travers le monde nouveau.

A quelques pas de la scabieuse, le bord du bassin écrasé par la patte des bêtes assoiffées, s'évasait en un golfe marécageux, couvert d'une jungle de joncs. Ulysse l'avait appelé le delta des mouches vertes. Il en suintait une espèce de sanie boueuse et lourde qui descendait dans l'eau claire d'alentour en se tordant lentement comme une fumée. La cannette mit à la panne devant cette côte de mauvais augure. Elle se demandait ce qui pouvait bien être caché sous cette toison d'herbes hirsutes et d'où provenait ce grouillement qui agitait la vase. Les rameurs, gens du commun, et qui ne rêvent que mangeaille et sommeil, prétendaient qu'on ne tirerait rien de bon d'une terre à demi liquide, que ça ne valait pas la peine d'empoigner les rames, et qu'il était plus sage de profiter du plat pour dormir un peu, le calme étant si rare en mer ; mais, l'élément de noble race, les maîtres d'équipe et le chef, encore dans l'enthousiasme de l'habile manœuvre du port de la scabieuse, décidèrent qu'on ne reculerait pas en vue du but et, d'un mouvement insensible, la cannette dériva vers le delta de la mouche verte. Quand ils s'aperçurent du danger, il était trop tard, un courant sournois emportait la cannette vers la plage gluante. Elle s'y échoua, si bien lancée, que la moitié de la carène s'engagea profondément dans la boue. C'était mal finir une expédition bien commencée. Une grosse mouche s'éleva au centre du pays et vint se rendre compte de l'état des nouveaux arrivants. Déjà, un horrible ver blanc pointait à la lisière des herbes. On entendait son ventre épais écraser la jungle, et, loin derrière lui, les joncs tremblaient au frémissement de sa queue. En cette triste conjoncture, la brise fraîchit puis s'affirma. La nef eut deux ou trois soubresauts. Le vent régulier pesa dans la voilure, la quille glissa sur la boue. Un souffle plus fort la décolla, elle flotta : une course rapide recourbée en feuilles d'iris la mit promptement hors d'atteinte. Il était temps ! Le museau aveugle du ver blanc fouillait les recoins de la plage, et une escadrille de mouches vint s'abattre sur le sillon que la cannette avait laissé dans la boue.

Ulysse respira. On l'avait échappé belle !

Alors, il y eut de beaux jours. La cannette filait grand erre devant le vent, sans escales, dans une eau aisée qui s'écartait docilement de sa proue minuscule.

Elle croisa au large d'un petit îlot magnifique, touffe de mousse fleurie, mais, instruite par sa précédente mésaventure, elle se contenta de faire quelques gracieuses évolutions en vue des côtes, et virant de bord, elle pointa vers le large tremblant.

Un désert absolu l'accueillit : une vaste plaine liquide

où le soleil lui-même se perdait. Elle vogua longtemps droit devant elle entre le silence de la mer et du ciel. Le vent tomba. Au-delà du bord, l'eau s'étendait, immobile, plate et luisante comme un métal sur lequel on aurait pu marcher. Dans l'air muet on entendait pétiller la chaleur.

Ulysse écouta : les cyprès, les saules ne parlaient plus.

Pas de vent ! Etait-ce la fin du beau voyage ?

Enfin, la grosse voix des chênes murmura en haut de la courbe. Une phrase courut d'arbre en arbre.

Il épia le premier frisson de l'eau. Elle frémit : la force invisible pesa sur la voile d'écorce, et la cannette reprit sa course.

Il se faut défier des caresses même de la mer. Le fleuve aérien qui semblait avoir sauvé la nave la conduisait à une perte irrémédiable. On avait percé dans la paroi du bassin un pertuis qui permettait d'arroser un pré en contre-bas. Cette blessure, tamponnée de boue et d'herbes sèches, suintait un fil d'eau intermittent. Quand il coulait, un tourbillon crevait l'eau calme, aspirait brindilles et feuilles mortes et les engloutissait dans un hoquet. La cannette venait droit sur ce terrible nombril. Déjà, par deux fois devant elle le gouffre s'était creusé. Elle avançait à toute allure. C'en était fait !

Non ! Car, sous la protection du dieu qui règle les heures, elle arrivait sur l'abîme pendant les calmes eaux. Elle traversa sans encombre. Une feuille qui la suivait disparut dans le tourbillon.

Encore un peu, et elle allait boucler le périple ? Partie de la gauche d'Ulysse, elle venait par la droite, fière, paisible : elle semblait fendre invinciblement avec son bec de proue toute l'inimitié marine. Déjà, il aurait pu l'atteindre en allongeant le bras.

Peu à peu, la distance qui la séparait du bord diminua, s'étrécit, la largeur d'un doigt à peine...

Elle accosta à l'endroit précis d'où elle s'était envolée.

Ulysse ramassa la fragile cannette.

Tout à l'heure, pareille aux malheureuses englouties devant le port de la scabieuse, maintenant, ô majesté de la tâche finie, elle semblait augmentée de toute la largeur de cet orbe tremblant qu'elle avait tracé autour du bassin.

Ulysse, silencieux et sans geste, érigé dans les herbes, la gardait au creux de sa paume comme un de ces dieux de pierre debout sur le fronton des temples, et qui portent dans la nacelle de leurs mains jointes le symbole matériel de leur puissance.

Il sentait gonfler en lui la floraison de récits nouveaux.

Par-delà le soir avancé, il entendait les acclamations, il voyait les auditoires révulsés de joie...

On chanta derrière les cyprès. Une chanson sauvage, comme hachée par des dents qui voulaient mordre. Elle parlait de « tripes au soleil » et de « gueule écrasée à coups de talon ».

Ulysse à pas feutrés s'approcha de la sombre barrière. Il écarta doucement le feuillage :

Télémaque !

Il était encore tout ruisselant de l'orage passé : ses cheveux plats serraient son crâne comme un casque.

Résolu et grave, il appointait soigneusement à la serpe un épieu en bois de platane.

Dans la collection Les Cahiers Rouges

Andreas-Salomé Lou : *Friedrich Nietzsche à travers ses œuvres*
Anthologie : *Napoléon raconté par ceux qui l'ont connu*
Arbaud Joseph d' : *La Bête du Vaccarès*
Audiberti Jacques : *Les Enfants naturels* ▪ *L'Opéra du monde*
Audoux Marguerite : *Marie-Claire suivi de l'Atelier de Marie-Claire*
Augiéras François : *L'Apprenti sorcier* ▪ *Domme ou l'essai d'occupation* ▪ *Un voyage au mont Athos* ▪ *Le Voyage des morts*
Aymé Marcel : *Clérambard* ▪ *Vogue la galère*
Barbey d'Aurevilly Jules : *Les Quarante médaillons de l'Académie*
Baudelaire Charles : *Lettres inédites aux siens*
Bayon : *Haut fonctionnaire*
Bazin Hervé : *Vipère au poing*
Beck Béatrix : *La Décharge* ▪ *Josée dite Nancy*
Becker Jurek : *Jakob le menteur*
Beerbohm Max : *L'Hypocrite heureux*
Begley Louis : *Une éducation polonaise*
Benda Julien : *Tradition de l'existentialisme* ▪ *La Trahison des clercs*
Berger Yves : *Le Sud*
Berl Emmanuel : *La France irréelle* ▪ *Méditation sur un amour défunt* ▪ *Rachel et autres grâces* ▪ *Les Impostures de l'histoire*
Berl Emmanuel, **Ormesson** Jean d' : *Tant que vous penserez à moi*
Bernard Tristan : *Mots croisés*
Besson Patrick : *Les Frères de la consolation*
Bibesco Princesse : *Catherine-Paris* ▪ *Le Confesseur et les poètes*
Bierce Ambrose : *Histoires impossibles* ▪ *Morts violentes*
Bodard Lucien : *La Vallée des roses*
Bosquet Alain : *Une mère russe*
Brenner Jacques : *Les Petites filles de Courbelles*
Breton André, **Deharme** Lise, **Gracq** Julien, **Tardieu** Jean : *Farouche à quatre feuilles*
Brincourt André : *La Parole dérobée*
Bukowski Charles : *Au sud de nulle part* ▪ *Factotum* ▪ *L'amour est un chien de l'enfer t1* ▪ *L'amour est un chien de l'enfer t2* ▪ *Le Postier* ▪ *Souvenirs d'un pas grand-chose* ▪ *Women* ▪ *Contes de la folie ordinaire* ▪ *Hollywood* ▪ *Je t'aime, Albert* ▪ *Journal d'un vieux dégueulasse*
Burgess Anthony : *Pianistes* ▪ *Mais les blondes préfèrent-elles les hommes ?*
Butor Michel : *Le Génie du lieu*
Caldwell Erskine : *Une lampe, le soir...*
Calet Henri : *Contre l'oubli* ▪ *Le Croquant indiscret*
Capote Truman : *Prières exaucées*
Carossa Hans : *Journal de guerre*
Cendrars Blaise : *Hollywood, La Mecque du cinéma* ▪ *Moravagine* ▪ *Rhum, l'Aventure de Jean Galmot* ▪ *La Vie dangereuse*
Cézanne Paul : *Correspondance*
Chamson André : *L'Auberge de l'abîme* ▪ *Le Crime des justes*
Chardonne Jacques : *Ce que je voulais vous dire aujourd'hui* ▪ *Claire* ▪ *Lettres à Roger Nimier* ▪ *Propos comme ça* ▪ *Les Varais* ▪ *Vivre à Madère*
Charles-Roux Edmonde : *Stèle pour un bâtard*
Châteaubriant Alphonse de : *La Brière*
Chatwin Bruce : *En Patagonie* ▪ *Les Jumeaux de Black Hill* ▪ *Utz* ▪ *Le Vice-roi de Ouidah* ▪ *Le Chant des pistes*
Chessex Jacques : *L'Ogre*
Claus Hugo : *La Chasse aux canards*

Cocteau *Jean : La Corrida du 1er mai* ▪ *Les Enfants terribles* ▪ *Essai de critique indirecte* ▪ *Journal d'un inconnu* ▪ *Lettre aux Américains* ▪ *La Machine infernale* ▪ *Portraits-souvenir* ▪ *Reines de la France*
Combescot *Pierre : Les Filles du Calvaire*
Consolo *Vincenzo : Le Sourire du marin inconnu*
Cowper Powys *John : Camp retranché*
Curtis *Jean-Louis : La Chine m'inquiète*
Dali *Salvador : Les Cocus du vieil art moderne*
Daudet *Léon : Les Morticoles* ▪ *Souvenirs littéraires*
Degas *Edgar : Lettres*
Delteil *Joseph : Choléra* ▪ *La Deltheillerie* ▪ *Jeanne d'Arc* ▪ *Jésus II* ▪ *Lafayette* ▪ *Les Poilus* ▪ *Sur le fleuve Amour*
Desbordes *Jean : J'adore*
Dhôtel *André : Le Ciel du faubourg* ▪ *L'Île aux oiseaux de fer*
Dickens *Charles : De grandes espérances*
Donnay *Maurice : Autour du chat noir*
Doubrovsky *Serge : Le Livre brisé*
Dreyfus *Robert : Souvenirs sur Marcel Proust*
Dumas *Alexandre : Catherine Blum* ▪ *Jacquot sans Oreilles*
Eco *Umberto : La Guerre du faux*
Ellison *Ralph : Homme invisible, pour qui chantes-tu ?*
Fallaci *Oriana : Un homme*
Fernandez *Dominique : Porporino ou les mystères de Naples* ▪ *L'Étoile rose*
Fernandez *Ramon : Messages* ▪ *Molière ou l'Essence du génie comique* ▪ *Proust* ▪ *Philippe Sauveur*
Ferreira de Castro *A. : Forêt vierge* ▪ *La Mission* ▪ *Terre froide*
Fitzgerald *Francis Scott : Gatsby le Magnifique* ▪ *Un légume*
Fouchet *Max-Pol : La Rencontre de Santa Cruz*
Fourest *Georges : La Négresse blonde* suivie de *Le Géranium Ovipare*
Frank *Bernard : Le Dernier des Mohicans*
Freustié *Jean : Le Droit d'aînesse* ▪ *Proche est la mer*
Frisch *Max : Stiller*
Funck-Brentano *Frantz : La Cour du Roi-Soleil*
Gadda *Carlo Emilio : Le Château d'Udine*
Galey *Matthieu : Les Vitamines du vinaigre*
Gallois *Claire : Une fille cousue de fil blanc*
García Márquez *Gabriel : L'Automne du patriarche* ▪ *Chronique d'une mort annoncée* ▪ *Des feuilles dans la bourrasque* ▪ *Des yeux de chien bleu* ▪ *Les Funérailles de la Grande Mémé* ▪ *L'Incroyable et triste histoire de la candide Erendira et de sa grand-mère diabolique* ▪ *La Mala Hora* ▪ *Pas de lettre pour le colonel* ▪ *Récit d'un naufragé*
Garnett *David : La Femme changée en renard*
Gauguin *Paul : Lettres à sa femme et à ses amis*
Genevoix *Maurice : La Boîte à pêche* ▪ *Raboliot*
Ginzburg *Natalia : Les Mots de la tribu*
Giono *Jean : Colline* ▪ *Jean le Bleu* ▪ *Mort d'un personnage* ▪ *Naissance de l'Odyssée* ▪ *Que ma joie demeure* ▪ *Regain* ▪ *Le Serpent d'étoiles* ▪ *Un de Baumugnes* ▪ *Les Vraies richesses*
Girard *René : Mensonge romantique et vérité romanesque*
Giraudoux *Jean : Adorable Clio* ▪ *Bella* ▪ *Eglantine* ▪ *Lectures pour une ombre* ▪ *La Menteuse* ▪ *Siegfried et le Limousin* ▪ *Supplément au voyage de Cook* ▪ *La guerre de Troie n'aura pas lieu*
Glaeser *Ernst : Le Dernier civil*
Gordimer *Nadine : Le Conservateur*
Goyen *William : Savannah*
Groult *Benoîte : Ainsi soit-elle*
Guéhenno *Jean : Changer la vie*
Guilbert *Yvette : La Chanson de ma vie*
Guilloux *Louis : Angélina* ▪ *Dossier confidentiel* ▪ *Hyménée* ▪ *La Maison du peuple*

Gurgand Jean-Noël : *Israéliennes*
Haedens Kléber : *Adios* ▪ *L'Été finit sous les tilleuls* ▪ *Magnolia-Jules/L'Ecole des parents* ▪ *Une histoire de la littérature française*
Halévy Daniel : *Pays parisiens*
Hamsun Knut : *Au pays des contes* ▪ *Vagabonds*
Heller Joseph : *Catch 22*
Hémon Louis : *Battling Malone, pugiliste* ▪ *Monsieur Ripois et la Némésis* ▪ *Maria Chapdelaine*
Herbart Pierre : *Histoires confidentielles*
Hesse Hermann : *Siddhartha*
Ingres : *Écrits sur l'art*
Isherwood Christopher : *Adieu à Berlin* ▪ *Mr Norris change de train* ▪ *La Violette du Prater* ▪ *Un homme au singulier*
Istrati Panaït : *Les Chardons du Baragan*
James Henry : *Les Journaux*
Jardin Pascal : *Guerre après guerre* suivi de *La Guerre à neuf ans*
Jarry Alfred : *Les Minutes de Sable mémorial*
Jouhandeau Marcel : *Les Argonautes* ▪ *Elise architecte*
Jullian Philippe, **Minoret** Bernard : *Les Morot-Chandonneur*
Jünger Ernst : *Rivarol et autres essais* ▪ *Le Contemplateur solitaire*
Kafka Franz : *Journal* ▪ *Tentation au village*
Kessler Comte : *Cahiers, 1918-1937*
Kipling Rudyard : *Souvenirs de France*
Klee Paul : *Journal*
La Varende Jean de : *Le Centaure de Dieu*
La Ville de Mirmont Jean de : *L'Horizon chimérique*
Lanoux Armand : *Maupassant, le Bel-Ami*
Laurent Jacques : *Croire à Noël* ▪ *Le Petit Canard* ▪ *Les sous-ensembles flous* ▪ *Les dimanches de Mademoiselle Beaunon*
Le Golif Louis-Adhémar-Timothée : *Cahiers de Louis-Adhémar-Timothée Le Golif, dit Borgnefesse, capitaine de la flibuste*
Léautaud Paul : *Bestiaire*
Lenotre G. : *Napoléon – Croquis de l'épopée* ▪ *La Révolution par ceux qui l'ont vue* ▪ *Sous le bonnet rouge* ▪ *Versailles au temps des rois*
Levi Primo : *La Trêve*
Levin Hanokh : *Popper*
Lilar Suzanne : *Le Couple*
Loos Adolf : *Comment doit-on s'habiller ?*
Lowry Malcolm : *Sous le volcan*
Mac Orlan Pierre : *Marguerite de la nuit*
Maeterlinck Maurice : *Le Trésor des humbles*
Maïakowski Vladimir : *Théâtre*
Mailer Norman : *Les Armées de la nuit* ▪ *Pourquoi sommes-nous au Vietnam ?* ▪ *Un rêve américain*
Maillet Antonine : *Les Cordes-de-Bois* ▪ *Pélagie-la-Charrette*
Malaparte Curzio : *Technique du coup d'État* ▪ *Le bonhomme Lénine*
Malerba Luigi : *Saut de la mort* ▪ *Le Serpent cannibale*
Mallea Eduardo : *La Barque de glace*
Malraux André : *La Tentation de l'Occident*
Malraux Clara : *...Et pourtant j'étais libre* ▪ *Nos vingt ans*
Mann Heinrich : *Professeur Unrat l'Ange bleu* ▪ *Le Sujet !* ▪ *Le Sujet de l'empereur*
Mann Klaus : *La Danse pieuse* ▪ *Mephisto* ▪ *Symphonie pathétique* ▪ *Le Volcan*
Mann Thomas : *Altesse royale* ▪ *Les Maîtres* ▪ *Mario et le magicien* ▪ *Sang réservé*
Mauriac Claude : *André Breton* ▪ *Aimer de Gaulle*
Mauriac François : *Les Anges noirs* ▪ *Les Chemins de la mer* ▪ *Le Mystère Frontenac* ▪ *La Pharisienne* ▪ *La Robe prétexte* ▪ *Thérèse Desqueyroux* ▪ *De Gaulle*
Mauriac Jean : *Mort du général de Gaulle*

Maurois André : *Ariel ou la Vie de Shelley* ▪ *Le Cercle de famille* ▪ *Choses nues* ▪ *Don Juan ou la Vie de Byron* ▪ *René ou la Vie de Chateaubriand* ▪ *Les Silences du colonel Bramble* ▪ *Tourguéniev* ▪ *Voltaire*
Mistral Frédéric : *Mireille/Mirèio*
Monnier Thyde : *La Rue courte*
Monzie Anatole de : *Les Veuves abusives*
Moore George : *Mémoires de ma vie morte*
Morand Paul : *Air indien* ▪ *Bouddha vivant* ▪ *Champions du monde* ▪ *L'Europe galante* ▪ *Lewis et Irène* ▪ *Magie noire* ▪ *Rien que la terre* ▪ *Rococo*
Mutis Alvaro : *La Dernière Escale du tramp steamer* ▪ *Ilona vient avec la pluie* ▪ *La Neige de l'Amiral* ▪ *Abdul Bashur* ▪ *Le dernier visage* ▪ *Le rendez-vous de Bergen*
Nabokov Vladimir : *Chambre obscure*
Nadolny Sten : *La Découverte de la lenteur*
Naipaul V.S. : *Le Masseur mystique* ▪ *Crépuscule sur l'islam* ▪ *Jusqu'au bout de la foi* ▪ *L'Énigme de l'arrivée* ▪ *La Moitié d'une vie* ▪ *Les Hommes de paille*
Némirovsky Irène : *L'Affaire Courilof* ▪ *Le Bal* ▪ *David Golder* ▪ *Les Mouches d'automne précédé de La Niania et Suivi de Naissance d'une révolution*
Nerval Gérard de : *Poèmes d'Outre-Rhin*
Nicolson Harold : *Journal 1936-1942*
Nizan Paul : *Antoine Bloyé*
Nourissier François : *Un petit bourgeois*
Nucéra Louis : *Mes ports d'attache*
Obaldia René de : *Le Centenaire* ▪ *Innocentines* ▪ *Exobiographie*
Pange Pauline de : *Comment j'ai vu 1900* ▪ *Confidences d'une jeune fille*
Peisson Edouard : *Hans le marin* ▪ *Le Pilote* ▪ *Le Sel de la mer*
Penna Sandro : *Poésies* ▪ *Un peu de fièvre*
Peyré Joseph : *L'Escadron blanc* ▪ *Matterhorn* ▪ *Sang et Lumières*
Philippe Charles-Louis : *Bubu de Montparnasse*
Pieyre de Mandiargues André : *Le Belvédère* ▪ *Deuxième Belvédère* ▪ *Feu de Braise*
Ponchon Raoul : *La Muse au cabaret*
Poulaille Henry : *Pain de soldat* ▪ *Le Pain quotidien*
Privat Bernard : *Au pied du mur*
Proulx Annie : *Cartes postales* ▪ *Nœuds et dénouement* ▪ *Les pieds dans la boue*
Proust Marcel : *Albertine disparue*
Radiguet Raymond : *Le Diable au corps* suivi de *Le Bal du comte d'Orgel* ▪ *Les joues en feu*
Ramuz Charles-Ferdinand : *Aline* ▪ *Derborence* ▪ *Le Garçon savoyard* ▪ *La Grande Peur dans la montagne* ▪ *Jean-Luc persécuté* ▪ *Joie dans le ciel*
Reboux Paul et **Muller** Charles : *A la manière de…*
Revel Jean-François : *Sur Proust*
Richaud André de : *L'Amour fraternel* ▪ *La Barette rouge* ▪ *La Douleur* ▪ *L'Etrange Visiteur* ▪ *La Fontaine des lunatiques*
Rilke Rainer-Maria : *Lettres à un jeune poète*
Rivoyre Christine de : *Boy* ▪ *Le Petit matin*
Robert Marthe : *L'Ancien et le Nouveau*
Rochefort Christiane : *Archaos* ▪ *Printemps au parking* ▪ *Le Repos du guerrier*
Rodin Auguste : *L'Art*
Rondeau Daniel : *L'Enthousiasme*
Roth Henry : *L'Or de la terre promise*
Rouart Jean-Marie : *Ils ont choisi la nuit*
Rutherford Mark : *L'Autobiographie de Mark Rutherford*
Sachs Maurice : *Au temps du Bœuf sur le toit*
Sackville-West Vita : *Au temps du roi Edouard*
Sainte-Beuve : *Mes chers amis…*
Sainte-Soline Claire : *Le Dimanche des rameaux*
Saint Jean Robert de : *Journal d'un journaliste*
Schneider Peter : *Le Sauteur de mur*
Schoendoerffer Pierre : *L'Adieu au roi*

Sciascia *Leonardo : L'Affaire Moro ▪ Du côté des infidèles ▪ Pirandello et la Sicile*
Semprun *Jorge : Quel beau dimanche*
Serge *Victor : Les Derniers temps ▪ S'il est minuit dans le siècle*
Sieburg *Friedrich : Dieu est-il Français ?*
Silone *Ignazio : Fontarama ▪ Le Secret de Luc ▪ Une poignée de mûres*
Soljenitsyne *Alexandre : L'Erreur de l'Occident*
Soriano *Osvaldo : Jamais plus de peine ni d'oubli ▪ Je ne vous dis pas adieu... ▪ Quartiers d'hiver*
Soupault *Philippe : Poèmes et poésies*
Stéphane *Roger : Chaque homme est lié au monde ▪ Portrait de l'aventurier*
Suarès *André : Vues sur l'Europe*
Teilhard de Chardin *Pierre : Ecrits du temps de la guerre 1916-1919 ▪ Genèse d'une pensée ▪ Lettres de voyage*
Theroux *Paul : La Chine à petite vapeur ▪ Patagonie Express ▪ Railway Bazaar ▪ Voyage excentrique et ferroviaire autour du Royaume-Uni*
Twain *Marc : Quand Satan raconte la terre au Bon Dieu*
Vailland *Roger : Bon pied bon œil ▪ Les Mauvais coups ▪ Le Regard froid ▪ Un jeune homme seul*
Van Gogh *Vincent : Lettres à son frère Théo ▪ Lettres à Van Rappard*
Vasari *Giorgio : Vies des artistes ▪ Vies des artistes, II*
Vercors *: Sylva*
Verlaine *Paul : Choix de poésies*
Vitoux *Frédéric : Bébert, le chat de Louis-Ferdinand Céline*
Vollard *Ambroise : En écoutant Cézanne, Degas, Renoir*
Vonnegut *Kurt : Galápagos ▪ Barbe-Bleue*
Wassermann *Jakob : Gaspard Hauser*
Webb *Mary : Sarn*
White *Kenneth : Lettres de Gourgounel ▪ Terre de diamant*
Whitman *Walt : Feuilles d'herbe*
Wilde *Oscar : Aristote à l'heure du thé ▪ L'Importance d'être Constant*
Wittig *Monique et* **Zeig** *Sande : Brouillon pour un dictionnaire des amantes*
Wolfromm *Jean-Didier : Diane Lanster ▪ La Leçon inaugurale*
Zola *Émile : Germinal*
Zola *Émile,* **Alexis** *Paul,* **Céard** *Henry,* **Hennique** *Léon,* **Huysmans** *JK,* **Maupassant** *Guy de : Les Soirées de Médan*
Zweig *Stefan : Brûlant secret ▪ Le Chandelier enterré ▪ Erasme ▪ Fouché ▪ Marie Stuart ▪ Marie-Antoinette ▪ La Peur ▪ La Pitié dangereuse ▪ Souvenirs et rencontres ▪ Un caprice de Bonaparte*

PAPIER À BASE DE FIBRES CERTIFIÉES

Grasset **s'engage pour l'environnement en réduisant l'empreinte carbone de ses livres. Rendez-vous sur www.grasset-durable.fr**
L'empreinte carbone en éq. CO_2 de cet exemplaire est de 700 g

Dépôt légal : novembre 2002

Achevé d'imprimer en France en juin 2019
par Dupliprint à Domont (95)
N° d'impression : 2019064028 - N° d'édition : 3768900/09